Jutta Richter

Hinter dem Bahnhof liegt das Meer

Jutta Richter

Hinter dem Bahnhof liegt das Meer

Carl Hanser Verlag

Die Schreibweise in diesem Buch entspricht
den Regeln der neuen Rechtschreibung.

Unser gesamtes lieferbares Programm und viele
andere Informationen finden Sie unter
www.hanser.de

2 3 4 5 05 04 03 02 01

ISBN 3-446-20042-8

Umschlag: Jacky Gleich
Satz: Satz für Satz. Barbara Reischmann, Leutkirch
Druck und Bindung:
Franz Spiegel Buch GmbH, Ulm
Printed in Germany

Manchmal müssen wir weg.
Dahin, wo Sommer ist.
In den Süden ... vielleicht.
Ans Meer ... vielleicht.
Wir gehen los und es riecht nach Sonne und Wind.
Wir gehen los und es riecht nach Fisch und Teer
und Tang.
Wir gehen los und die Schwalben sind Möwen.
Wir biegen um die Ecke.
Da ist der Bahnhof.
Und hinter dem Bahnhof,
das wissen wir genau,
hinter dem Bahnhof liegt das Meer.

Es gibt auch gute Tage.

Das sind die Markttage, an denen die Händler zum Schluss ihre Waren umsonst verteilen. Eine Kiste überreifer Erdbeeren. Oder die Bananen mit braunen Flecken. Und dann gibt es auch noch die letzten kalten Rostbratwürste vom Grill und dazu trockenes Brot.

An den guten Tagen sitzen Kosmos und Neuner abends am Fluss. Sie sitzen da, wo der Sandstrand ist, da, wo die kleinen Feuer brennen. Treibholzfeuer. Etwas weiter weg sitzen die andern. Glatzenpeer und Mundharmonikajonny, die rote Ilse und Hein Schoop mit dem Glasauge. Aber mit denen will Kosmos nichts zu tun haben. Das sind die Penner, die Kampftrinker, die Brückenschläfer, die Strandpiraten.

»Da gehör'n wir nicht zu, Neuner. Wir nicht!«, sagt Kosmos.

Zwischen ihnen steht die Kiste mit den überreifen Erdbeeren. Und die Plastiktüten liegen da. Zwei Plastiktüten, prallvoll mit allem, was Kosmos gehört. Kosmos hütet die Tüten wie seinen Augapfel. Niemand darf hineinschauen, auch Neuner nicht.

»Pfoten weg, Kleiner!«, sagt Kosmos. »Das ist Privateigentum!«

Und Neuner bewundert Kosmos, weil der schon erwachsen ist und weil er eine Red-Socks-Baseballkappe trägt und weil er immer durchkommt, so oder so.

Kosmos ist stark.

Kosmos kennt sich aus.

Auf Kosmos kann man sich verlassen, obwohl man ihm das nicht ansieht, denn er ist ein bisschen zu dünn und zu klein geraten.

Nur die Augen nicht. Seine Augen sind groß und schwarz und weise, ein bisschen wie Krähenaugen, und wenn er wütend ist, kann Kosmos mit diesen Augen Blitze abschicken, dann traut sich niemand, ihn anzufassen. Auch Glatzenpeer nicht.

Kosmos ist schon immer unterwegs. Wenigstens sagt er das.

Und eigentlich kann Neuner sich auch gar nichts anderes vorstellen.

Kosmos weiß alles.

Kosmos ist eben Kosmos.

Bei Neuner ist das anders. Neuner ist erst neun.

Neuner hat meistens kalte Füße.

Neuner duckt sich weg.

Das Einzige, was Neuner gut kann, ist balancieren, balancieren und klettern. Neuner ist ein Fassadenkletterer.

Das hat er geübt. Früher, vor einer Woche noch.

Mama hat immer das Fenster offen gelassen, heimlich, die ganze Nacht lang hat sie das Fenster offen gelassen. Damit Neuner einsteigen konnte, wenn alle schliefen.

»Du musst ihm aus dem Weg gehen«, hat Mama gesagt. »Am besten, du kommst erst nachts. Nachts schläft er, dann kann er dir nichts tun. Ich lass das Fenster auf«, hat Mama gesagt. »Ich stell dir dein Essen auf den Küchentisch. Und du musst leise sein, verstehst du? Mach dich einfach unsichtbar, dann passiert dir nichts.«

Aber dann ist Mama was passiert und sie haben sie weggebracht mit dem Blaulichtwagen.

Und jetzt ist das Fenster zu. Neuner kommt nicht mehr rein. Und das Essen steht auch nicht mehr auf dem Küchentisch. Schon acht Tage nicht mehr.

Da war Neuner zum ersten Mal ganz allein. Ganz allein auf der Straße, ganz allein in der Stadt, auch nachts. Und hätte er Kosmos nicht getroffen, er hätte keine Chance gehabt.

»Du kuckst wie einer, der abgehauen ist, und du gehst wie einer, der erwischt werden will.«

»Woher willst'n das wissen?«

»Und wenn dich einer von hinten anquatscht, darfst du nicht zusammenzucken. Man dreht sich langsam um. Und jetzt lass mich in Ruhe!«

Und dann war Kosmos weitergegangen. Aber nach zehn Schritten war Neuner hinterhergelaufen.

»Warte doch! Warte auf mich! Wo willst du denn hin?«

Und Kosmos hatte so getan, als würde er nichts hören.

»Ich will ans Meer!«

Und Kosmos hatte immer noch so getan, als würde er nichts hören.

»Am Meer ist es warm!«, hatte Neuner gerufen. »Am Meer ist Sommer. Am Meer gibt es Häuser, die stehen leer … wir könnten zusammen ans Meer …«

Plötzlich war Kosmos stehen geblieben und sah aus wie einer, der genau weiß, wie man ans Meer kommt.

»Zusammen ans Meer …?«

»Ja, zusammen, wir beide. Ich bin Neuner«, hatte Neuner gesagt und gekeucht und Kosmos die Hand hingehalten.

Da hatte Kosmos eingeschlagen und »Kosmos« gesagt.

»Ich bin Kosmos.«

An den guten Tagen sitzen Kosmos und Neuner abends am Fluss. Hinter ihnen ist die Uferböschung und dahinter die hohe Stützmauer. Oben liegen die Gärten mit den Goldfischteichen und in den Gärten stehen die weißen Villen mit den Alarmanlagen und den Säulen und den großen Terrassen, die immer ganz leer und verwaist aussehen, weil da nie jemand ist am Abend. Auch nicht im Sommer.

An den guten Tagen sitzen Kosmos und Neuner abends am Fluss und manchmal fährt eine Barkasse vorbei, weil der Fluss hier schon ganz breit ist und eine Fahrrinne hat in der Mitte.

Und Kosmos und Neuner reden übers Meer und über die Reise und wann sie anfängt.

»Man muss alles genau planen«, sagt Kosmos. »Was gut geplant ist, geht auch gut aus.«

»Wie, glaubst du, ist das Meer? Ist es blau oder ist es grün?«, fragt Neuner.

»Blau natürlich. Es ist ganz blau, schließlich spiegelt sich der Himmel drin.«

»Wie, glaubst du, schmeckt das Meer? Schmeckt es süß oder schmeckt es salzig?«, fragt Neuner.

»Salzig natürlich. Es schmeckt ganz salzig, schließlich schwimmen Fische nicht in Zuckerwasser.«

»Und wie, glaubst du, riecht das Meer?«, fragt Neuner.

»Nach Fisch natürlich und nach Teer und nach Tang.«

Und dann kucken sie auf den Fluss und träumen ein bisschen vom Meer, und wenn Neuner die Augen zumacht, dann sieht er es. Dann sieht er die großen Wellen, die an den Strand klatschen mit den weißen Schaumkronen. Und er kann sogar die Möwen schreien hören …

Und da plötzlich fällt Neuner die Geschichte vom kleinen Häwelmann ein. Mama hat die Geschichte erzählt. Als Neuner noch klein war. Immer wenn er Halsweh hatte, hat sie die Geschichte erzählt. Abends, wenn Neuner nicht einschlafen konnte.

Der hatte auch weggewollt, der kleine Häwelmann, und so ein Bett mit Rollen gehabt. Und eines Nachts hat er das Laken zum Segel gemacht und hineingeblasen mit vollen Backen und los ging's.

Die Katze hatte miaut und der Mond hatte geleuchtet und die Sterne hatten gefunkelt und der kleine Häwelmann war in den Himmel gefahren, dem geduldigen alten Mond genau über die Nase, die ganze Nacht lang.

»Mama, wann machst du mir Rollen unters Bett?«, hatte Neuner gefragt.

»Wenn du wieder gesund bist, kleiner Häwelmann!«, hatte Mama geantwortet. »Wenn du wieder ganz gesund bist.« Und sie hatte gelacht.

Morgens ganz früh musste Mama immer arbeiten gehen. Geld verdienen bei Fischer & Frost in der Fabrik. Da gab es eine Sirene, die tutete morgens, mittags und abends. Die tutete so, wie die großen Schiffssirenen tuten.

Neuner hatte in seinem Bett ohne Rollen gelegen und durch das Fenster konnte er sehen, wie das Licht an den Himmel kroch. Ein ganz langsames Licht, erst grau, dann rosa. Und dann hatte die Sirene getutet, die große Schiffssirene von Fischer & Frost. Und sie hatte Neuner mitten ins Meer getutet auf einen großen Dampfer, der erst abends in Australien wieder anlegte. Und noch mal getutet. Und dann hatte Mama Neuner in den Arm genommen und sich so gefreut, dass sie ihren kleinen Häwelmann wiederhatte …

Mama hat immer ein bisschen nach Fisch gerochen, nach Fisch und Salzwasser. Und sie hat immer gesagt, dass das vom Geldverdienen käme.

»Geld«, sagt Kosmos plötzlich. »Wir brauchen Geld, Neuner! Niemand kommt ans Meer, wenn er kein Geld hat. Man muss ewig in dieser Stadt bleiben, wenn man kein Geld hat. Und sein Leben lang faulige Bananen fressen und in Mülleimern wühlen.«

»Ich will ans Meer, Mann!«, sagt Neuner. »Ich werde alles tun, um da hinzukommen.«

»Auch auf den Händen laufen?«

»Auch auf den Händen laufen!«

»Du bist ein Spinner!«, sagt Kosmos und er lacht in

sich rein. »Ich kannte mal einen Hund, der war genau wie du, klein und schwarz, und er hat immer mit dem Schwanz gewedelt.«

Eine Weile ist es wieder still. Nur der Fluss fließt und rauscht ein bisschen. Und ganz weit weg tutet die Sirene von Fischer & Frost.

»Wie war das eigentlich, als du klein warst?«, fragt Neuner.

»Weiß nicht«, sagt Kosmos. »Kann mich nicht erinnern. Ich war nie klein.«

»Unsinn, jeder war mal klein«, sagt Neuner.

Kosmos denkt nach.

»Vielleicht haste Recht, aber viel weiß ich nicht mehr.«

»Dann erzähl …«

Kosmos runzelt die Stirn und kneift die Augen zusammen, so als ob er ganz hinten am anderen Flussufer etwas erkennen wollte. Dann schiebt er die rote Baseballkappe in den Nacken und sagt:

»Da war eine hohe Hecke, als ich klein war … die war ganz dicht und man konnte nicht durchkucken. An der Hecke musste ich lang, wenn ich zur alten Schmidtke ging. Der alten Schmidtke gehörte der Kiosk an der Straßenecke. Sie hatte immer einen weißen Kittel an und sie hatte immer Zeit und sie war mindestens hundert Jahre alt und sah aus wie eine alte schrumpelige Schildkröte. Und sie hatte die besten Himbeerbonbons, die ich je im Leben gegessen hab. Von ihr hab ich auch meinen Namen. Sie hat immer Kosmos zu mir gesagt. Weil ich wie ein Seemann sei, den sie mal kannte. Der hätte alle Weltmeere befahren und würde Käpt'n Kosmos heißen … ›Du bist ihm wie aus dem Gesicht geschnitten, Kosmos! Hier, nimm ein Himbeerbonbon. Aber lutschen, nicht beißen!‹, hat die alte Schmidtke gesagt.«

Neuner kuckt Kosmos beim Erzählen zu und er sieht, wie sich ein Lächeln auf Kosmos' Gesicht ausbreitet. So ein Lächeln, das zuerst in den Augen steht, dann über die Nase zu den Lippen läuft, und da bleibt es und Kosmos strahlt plötzlich wie eine Sonne.

Jetzt ist er Kosmos mit dem Sonnengesicht.

Und Neuner sagt:

»Weiter, Kosmos, erzähl weiter. Erzähl, was hinter der hohen Hecke war!«

»Was hinter der hohen Hecke war?«

Kosmos zögert. Er überlegt. Er beißt sich auf die Unterlippe und Neuner fürchtet einen Augenblick, dass Kosmos nicht weitererzählen wird. Aber dann holt Kosmos tief Luft und sagt:

»Du willst also wissen, was hinter der hohen Hecke war? Ich warne dich, das ist nix für Hosenschisser! Da war nämlich der verbotene Park«, sagt Kosmos. »Da wohnten die von Fischer & Frost in so einer Villa. Die Villa war groß wie ein Schloss, hatte mindestens dreißig Zimmer und Schwimmbad und Sauna und Marmorterrasse. Und im verbotenen Park liefen abends die Bluthunde rum, groß wie die Kälber, mit Schaum vorm Maul und immer zu zweit. Die alte Schmidtke konnte sich erinnern, dass die Bluthunde mal ein Kind zerfleischt hatten. Erst totgebissen, dann zerfleischt. ›Geh da nie hin, Kosmos!‹, hat die alte Schmidtke immer gesagt. ›Versprich mir das! Geh da nie hin!‹

Der verbotene Park war so verboten, dass die andern schon zitterten, wenn sie nur dran dachten. Aber ich war ja Kosmos, ich hatte den Namen eines Seefahrers und ich fürchtete mich vor nichts und niemand. Schon gar nicht vor einem blöden verbotenen Park von Fischer & Frost«, sagt Kosmos.

»Da!« Und er rollt den Ärmel hoch und Neuner sieht eine hässliche breite Narbe.

»Ich habe die Bluthunde besiegt«, flüstert Kosmos. »Sie hatten Schaum vorm Maul und sie waren zu zweit und groß wie die Kälber! Der eine hat sich da festgebissen. Der andere kam von hinten.«

»Aber … aber wie hast du das gemacht?«, fragt Neuner.

»Hypnose!«, sagt Kosmos. »Einfach Hypnose. Muss man natürlich können! Du musst sie fixieren. Du musst ihnen genau in die Augen kucken. Du darfst nicht blinzeln. Du darfst keine Angst haben. Merk dir das, Neuner, das Wichtigste ist: Du darfst keine Angst haben! Wenn du keine Angst hast, fangen alle Hunde an zu winseln und dann kneifen sie die Schwänze ein und lassen los ... Das ist so!«

»Und dann?«, fragt Neuner.

»Was und dann?«

»Wie ist es weitergegangen, als du klein warst?«

»Gar nichts ist weitergegangen«, sagt Kosmos. »Die alte Schmidtke ist gestorben und die Himbeerbonbons auch und überhaupt ... vergiss es! Ich war nie klein!«

Und ein Schatten läuft über sein Sonnengesicht. Und er schiebt die rote Baseballkappe nach vorn und ist wieder Kosmos.

Über den Fluss fliegt ein Krähenschwarm. Wie eine schwarze Wolke sieht das aus. Die Krähen zetern und schreien und flattern noch einmal auf, bevor sie sich drüben in die Schlafbäume setzen. Die Treibholzfeuer sind runtergebrannt.

»Komm!«, sagt Kosmos. »Es wird kalt, wir müssen los!«

Er steht auf, nimmt seine beiden Plastiktüten und klettert die Uferböschung hoch. Neuner geht hinterher. Vorbei an den andern.

Die rote Ilse liegt zusammengerollt in einem zerrissenen Schlafsack. Glatzenpeer brabbelt irgendwas vor sich hin und dem Mundharmonikajonny ist die Mundharmonika aus der Hand gefallen.

Über der Böschung hängt ein silberner Sichelmond. Die weißen Villen sehen tot aus. Nur die Alarmanlagen leuchten wie rote Augen über den Terrassen. Die Dunkelheit ist wie eine schwarze Decke über die Stadt gefallen.

Kosmos macht lange Schritte. Weg von den Villen, rauf in die richtige Stadt.

Aber es dauert, bis die beiden dorthin kommen, wo Leben ist. Dorthin, wo hinter den hellen Fensterscheiben die Mütter die Tische decken und die frisch gebadeten Kinder in sauberen Schlafanzügen auf Stühlen sitzen und Kakao trinken.

Neuner kuckt sich die Augen aus. Und er denkt an Mama und wird ganz traurig dabei.

»Kuck da nicht hin«, sagt Kosmos. »Die sind auf der anderen Seite. Wenn du denen den Strom abdrehst, verhungern die. Die wissen nichts. Gar nichts! Ej, Alter!« Kosmos pufft Neuner in die Seite. »Uns gehört die Straße! Uns gehört die Nacht! Uns gehört das Meer!« Und dann wackelt er mit den Ohren und schneidet Grimassen, so lange, bis Neuner wieder lachen muss.

»Na, bitte! Und jetzt wird ein Fünfsternehotel gesucht!«

Und Kosmos und Neuner ziehen los, ein Abbruchhaus finden mit zerschlissener Matratze, vielleicht sogar mit Bettgestell.

»Das kann man vorher nie genau wissen«, meint Kosmos. »So ein Abbruchhaus kann wie eine Schatztruhe sein. Eine Schatztruhe voll mit alten Decken und Mänteln und Hüten und Hosen und Hemden und Matratzen mit Bettgestellen.«

»Vielleicht sogar mit Federbetten. Echt Daunen«, sagt Neuner.

»Echt Daunen!«, lacht Kosmos. »Ich sag doch: Fünfsternehotel!«

Und ihre Schritte auf dem Pflaster hören sich an, als würden sie sagen: Uns gehört die Straße! Uns gehört das Meer! Und wieder: Uns gehört die Straße! Uns gehört das Meer!

Ja, denkt Neuner, ja, einer, der die Bluthunde besiegt hat, der findet auch ein Fünfsternehotel.

Und Kosmos findet das Abbruchhaus, denn er weiß, Abbruchhäuser sind da, wo die Stadt am hässlichsten ist. Hinter dem Schlachthof vielleicht, wo es nach Blut und Pisse stinkt. Oder gleich neben dem Schrottplatz.

Und genau da steht wirklich so ein Abbruchhaus. Es sieht gar nicht aus wie ein Fünfsternehotel. Es sieht eher unheimlich aus. Ein Gruselhaus mit toten Fensteraugen.

Da würde ich nie reingehen, denkt Neuner. Wenn ich alleine wäre, würd ich da nie reingehen.

Die Haustür ist mit Brettern zugenagelt. Aber Kosmos kennt sich aus.

»Komm mit!«, sagt er und wirft einen schnellen Blick die Straße entlang. Kein Mensch zu sehen.

»Hier lang!«, sagt Kosmos und verschwindet hinter dem großen Fliederbusch, der übrig geblieben ist von früher, als da noch ein Garten war und warmes Licht hinter den Fenstern.

»Wir nehmen den Dienstboteneingang!«, sagt Kosmos und lacht.

Die Hintertür ist nur angelehnt. Kosmos zieht Neuner in einen finsteren Flur. Drei Stufen führen nach oben.

»Warte!«, sagt Kosmos und wühlt in einer der beiden Plastiktüten.

Neuner hört, wie es raschelt. Im Dunkeln wird alles größer. Das Rascheln der Plastiktüte, Kosmos' Stimme und auch Neuners Angst.

»Wenn du Angst hast, musst du einfach laut singen, kleiner Häwelmann!«, hat Mama früher gesagt.

Und es hat ja auch geholfen, es hat so lange geholfen, bis er eingezogen ist. Mamas Neuer.

»Hör auf zu jaulen!«, hat der Neue gesagt. »Da laufen einem ja die Gräsen den Rücken runter!«

»Lass den Jungen doch singen, Hubert!«, hat Mama geantwortet.

»Halt du dich da raus! Ich krieg Kopfschmerzen von dem Gejaule!«

Und dann hatte Mama sich rausgehalten. Und er hatte angefangen zu brüllen.

»Du Bastard!«, hatte er gebrüllt. »Du verdammter Bastard!« Und geschlagen. Erst mit der Hand, dann mit dem Gürtel, dann mit dem Kleiderbügel. Und jeder Schlag hatte ihn wütender gemacht.

Und Mama hatte sich immer noch rausgehalten.

Und da hatte Neuner das Wegducken gelernt und das Unsichtbarmachen und das stumme Weinen.

Und abends, im Dunkeln, wenn Neuner im Bett lag, war die Angst immer größer geworden, immer größer. Bis schließlich auch kein Singen mehr geholfen hätte. Selbst wenn es erlaubt gewesen wäre.

Die Plastiktüte raschelt ganz laut, es riecht feucht und modrig. Dann flammt ein Streichholz auf. Und Neuner sieht, dass Kosmos eine Kerze anzündet.

Ihre Schatten flackern an den Wänden, als sie die knarrende Treppe raufgehen.

Und tatsächlich, da oben ist ein Zimmer mit zwei Bettgestellen und mit Matratzen, mit Kopfkissen und mit Decken und auf dem Holzfußboden liegt sogar ein Teppich.

»Na, fünf Sterne?«, fragt Kosmos.

»Mindestens!«, sagt Neuner.

»Glücksnacht?«, fragt Kosmos.

»Glücksnacht!«, sagt Neuner.

»Sollte man ausnutzen. Ist ja vielleicht 'ne Glückssträhne. Willste noch ans Meer?«

»Klar doch!«

»Haste Hunger?«

»Immer!«

»Kannste hungrig kucken?«

Neuner nickt.

»Dann mach mal!«

Die Kerze flackert und Neuner setzt sein traurigstes Gesicht auf. Zitternde Unterlippe. Ganz große Augen. Er muss nur an Mama denken, dann geht das von allein.

»Großartig!«, sagt Kosmos. »Ich würde dir mein letztes halbes Hähnchen geben und das Brötchen obendrauf!«

»Erzähl!«, sagt Neuner. »Was hast du vor?«

»Ich weiß da 'ne Kneipe!«, sagt Kosmos. »Caracas heißt die. Da hängen ziemlich schräge Typen rum. Auch Leute mit Geld, wenn man Glück hat. Viel Geld, wenn du verstehst, was ich meine. Solche, die sich langweilen, weil sie so reich sind. Solche, die eine Nacht lang alles bezahlen, bloß damit sie nicht allein sind.«

»So Villenheinis mit Cabrio?«

»So Villenheinis mit Cabrio. Fischer & Frost junior und solche. Die haben Geld und wir brauchen Geld. Und du kannst hungrig kucken und heute ist unsre Glücksnacht!«

»Na los!«, sagt Neuner. »Worauf warten wir noch?«

Es ist ein weiter Weg zum Caracas. Ein Heckenweg erst, dann ein Kiesweg. Ein Weg vorbei an Leuchtreklamen. »Ihr Juwelier« flackert es rot von einer Hauswand. »Ihr Juwelier«.

Und gleich daneben hängen die Schutzengelplakate. Drei nebeneinander. Wespentaillenfrauen in schicken Kostümen mit durchsichtigen Flügeln halten ihre Hände über braun gebrannte Männer und deren teure Autos. »Immer da, immer nah« steht in grünen Buchstaben unter den Schutzengelfrauen.

Neuner kommt es plötzlich so vor, als hätten sie die ganze Stadt mit diesen Plakaten zugeklebt. Über Nacht. Immer da, immer nah. Ein Schutzengel-Plakatweg.

»Kosmos? Glaubst du daran?«, fragt Neuner nach dem fünften Plakat.

»Woran?«

»Na, daran!«, sagt Neuner und zeigt auf eine Schutzengelfrau mit durchsichtigen Flügeln.

»Ob ich an Schutzengel glaube?« Kosmos lacht. »Du kannst Fragen stellen!«

»Also, sag schon! Glaubst du dran?«

»Kinderkram!«, sagt Kosmos. »Schutzengel sind Kinderkram. Babykacke, wenn du's genau wissen willst! Schutzengel!«

Kosmos schüttelt den Kopf.

»Aber, wenn du keinen Schutzengel hättest, dann ...«

»Was dann? Dann fällste aus'm Fenster? Dann brichste dir beim Aufstehn das Bein? Dann kommste unters Auto? Mensch, Kleiner, denk doch mal nach! Ich hab keinen Schutzengel! Und? Hab ich mir das Bein gebrochen? Bin ich unters Auto gekommen? Bin ich aus'm Fenster gefallen? Bin ich nicht! Na, siehste!«

Neuner senkt den Kopf und denkt nach, aber irgendwie glaubt er Kosmos nicht. Vielleicht hat Kosmos ja doch einen Schutzengel, vielleicht steht ja so eine unsichtbare Frau mit durchsichtigen Flügeln hinter ihm und Kosmos merkt das nur nicht. Kann man ja auch nicht sehen, so einen Schutzengel. Und anfassen sowieso nicht.

»Aber ich«, sagt Neuner. »Ich hab einen Schutzengel!«

Neben dem siebten Schutzengelplakat ist das Caracas. Wenigstens steht das auf dem großen Schild über der Eingangstür.

steht da. Eigentlich hat sich Neuner die Kneipe ganz anders vorgestellt. Viel schöner und größer und vornehmer.

Aber das Caracas ist so eine dunkle, verräucherte Kaschemme, wo die Kampftrinker am Tresen hocken und daneben die Frauen mit den grellroten Lippenstiftlippen, die immer viel zu laut lachen, wo sich die Glücksräder der Daddelmaschine unentwegt drehen und wo nie einer hinkuckt, außer wenn's klingelt.

In so einer Kneipe will Kosmos Geld auftreiben?

»Geh du mal vor«, sagt Kosmos. »Mich kennen die da schon. Und du hast ja 'n Schutzengel. Aber kuck schön hungrig. Wer hungrig kuckt, kriegt mehr! Und hol mich nach, wenn du eingeladen wirst!«

Neuner geht. Er holt tief Luft, macht die Kneipentür auf und kann gar nicht hungrig kucken, denn die Luft ist blau und verqualmt und macht, dass seine Augen tränen. Er blinzelt. Er steht dumm rum.

Da ruft schon einer:

»Ej, du, das is' hier kein Kindergarten!«

»Zieh Leine, Kleiner!«, ruft ein anderer. Und vorn am Tresen kreischt eine Lippenstiftfrau dazu ihr Lachen ins verqualmte Blau.

Neuner zögert. Am liebsten würde er umdrehen. Wieder rausrennen in die Nacht zu Kosmos.

Der mit dem »kein Kindergarten« ist von seinem Barhocker runtergerutscht und kommt langsam auf Neuner zu. Das ist so einer wie Mamas Neuer. Das weiß Neuner. Das kann er riechen. Das ist so einer, der zuhaut.

Neuner kuckt sich um. Nur drei Meter bis zur Tür, aber da steht plötzlich der andere, der, der »Zieh Leine!« gerufen hat. Beide kommen jetzt auf ihn zu. Einer von hinten und einer von vorn.

Neuner sitzt in der Falle. Neuner wird abwarten, sich dann wegducken, unter den Armen durch, einen Haken schlagen und rennen …

Aus den Augenwinkeln sieht er am Tisch neben sich eine Frau sitzen. Im schicken Kostüm, mit einer Perlenkette um den Hals. Und jetzt steht die Frau auf und sagt: »Das reicht!«

Die beiden Männer bleiben stehen und es wird mucksmäuschenstill.

»Setzt euch wieder hin!«, sagt die Frau. »Und lasst den Jungen in Ruhe!«

»Nichts für ungut, Königin! Nichts für ungut!«, sagt der, der »Zieh Leine!« gerufen hat, und dann schiebt er den andern zurück zur Theke.

»Du hast gehört, was die Königin gesagt hat, lass den Jungen in Ruhe!«

»Komm her, Kleiner, setz dich zu mir«, sagt die Frau.

Sie sieht anders aus als die Frauen am Tresen. Ihr Kostüm ist hellblau und schimmert ein bisschen und die Perlenkette ist auch hellblau und am Finger funkelt ein Ring mit einem großen dunkelblauen Stein.

»Na, willst du was trinken?«

Neuner nickt und gibt sich große Mühe, sehr hungrig zu kucken.

Sie sieht das und lacht und sagt:

»Was willst du denn essen?«

»Egal. Ich ess alles!«, antwortet Neuner.

»Dann such dir was aus«, sagt die Königin und schiebt ihm die Karte hin.

»Bist du allein unterwegs?«

Neuner schüttelt den Kopf. »Mein Kumpel ist draußen!«

»Dann hol ihn rein! Ich lade euch beide ein!«

Neuner läuft raus.

»Komm, Kosmos! Komm rein! Da ist eine Königin, die hat uns eingeladen! Das ist 'ne Glücksnacht, bestimmt! Die Königin, die hat Geld! Jede Menge, ich schwör's!«

»'ne Königin?« Kosmos schüttelt den Kopf. »'ne Gräfin tut's nicht, oder?«

»Ich kann doch nichts dafür«, sagt Neuner. »Die nennen sie Königin da drin und die tun, was sie sagt!«

»Mensch!«, sagt Kosmos. Plötzlich ist er ganz aufgeregt. »Das wird doch nicht *die* Königin sein? ›Die tun, was sie sagt‹, sagst du? Die kuschen, wenn sie die Hand bewegt? Hat sie ein hellblaues Kostüm an? Trägt sie eine hellblaue Perlenkette?«

»Ja!«, sagt Neuner. »Genau.«

»Dann ist sie es wirklich. Dann ist es die Königin von Caracas! Ich selbst hab sie nie getroffen, aber Glatzenpeer und Hein Schoop haben von ihr erzählt. Komm, du Glückspilz, die Königin von Caracas darf man nicht warten lassen!«

So hat Neuner Kosmos noch nie erlebt, so aufgeregt, so unsicher. Er versucht die ganze Zeit, seine schmutzigen Hände zu verstecken. Sogar die rote Baseballkappe hat er abgenommen. Und er bringt kein Wort raus. Kann nur noch nicken. Zuerst wenigstens.

Er starrt auf die Speisekarte, die ihm die Königin hingeschoben hat, und muss immer wieder schlucken, weil er außerdem hungrig ist.

Lange Zeit liest Kosmos die Speisekarte still für sich. Aber dann fängt er an laut vorzulesen:

»Toast Hawaii«, liest Kosmos und »Zwiebelschnitzel Caracas« und »Curryhuhn im Reisrand« und »Vanilleeis mit heißen Kirschen« und »Zimtparfait an Rotweinpflaumen«.

Und jetzt schluckt Neuner auch.

Die Königin lächelt, dann winkt sie einen Kellner heran, so einen mit schwarzem Frack, der eigentlich gar nicht in diese Kaschemme passt. Und sie sagt:

»Josef, bitte bringen Sie alle Gerichte! Die Herrschaften haben großen Hunger. Aber bitte nacheinander. Haben Sie verstanden?«

»Sehr wohl, gnädige Frau!«, sagt der Kellner und verbeugt sich leicht und verzieht keine Miene dabei. Er tut so, als würde er jeden Tag fünfmal so eine Bestellung aufnehmen.

Etwas später sitzen Kosmos und Neuner mitten im Schlaraffenland.

Und dann essen sie. Sie essen Toast Hawaii und dann Zwiebelschnitzel Caracas und dann Curryhuhn im Reisrand und dann Vanilleeis mit heißen Kirschen und dann Zimtparfait an Rotweinpflaumen.

So viel hat Neuner noch nie gegessen. Und so gut hat ihm auch noch nie was geschmeckt, nicht mal Mamas rote Grütze.

Jetzt sind die beiden satt. Kosmos wischt sich mit der Serviette den Schweiß von der Stirn.

Die Königin lächelt.

»Wie heißt ihr denn?«, fragt sie dann.

»Neuner«, sagt Neuner. »Und das ist Kosmos, mein Freund.«

»Seid ihr schon lange unterwegs?«, fragt die Königin.

Kosmos nickt.

»Und wo wollt ihr hin?«, fragt die Königin.

»Ans Meer«, sagt Neuner. »Wir wollen ans Meer. Da, wo die Zitronen wachsen.«

»Dann habt ihr euch ja was vorgenommen«, sagt die Königin. »Ihr wisst, dass das weit ist?«

»Wissen wir«, murmelt Kosmos. »Wir sind ja nicht blöd!«

Unter dem Tisch tritt Neuner Kosmos vors Schienbein, weil er so pampig ist vor lauter Verlegenheit.

»Klar ist das weit«, sagt Neuner schnell. »Aber wir müssen da hin, ganz unbedingt. Weil da Sommer ist und weil man da gut leben kann und weil wir da noch nie waren. Verstehen Sie, wir haben noch nie das Meer gesehen … noch nie!«

»Es ist wirklich schön dort«, sagt die Königin und seufzt. »Ich war früher jeden Sommer am Meer. Ich habe dort immer die Möwen gefüttert. Ich hatte ein Haus am Strand … ein weißes Haus mit rotem Dach und blau gestrichenen Fensterläden … erst kommen die Dünen und dann das Meer. Das Meer ist ganz blau und es ist furchtbar salzig. Man kann es schon riechen, wenn man es noch gar nicht sieht. Und schmecken kann man es auch, wenn man sich die Lippen leckt … Ach ja, das Meer …«, seufzt die Königin. »Am schönsten ist es am Abend. Dann wird die Sonne immer größer, sieht schließlich aus wie eine glühende Orange. Dann sinkt sie langsam ins Meer, ganz langsam, ganz weit hinten, da wo das Meer an den Himmel stößt.«

Neuner wird sehnsüchtig. Er hat andächtig zugehört. Jetzt schluckt er, so als ob er als letzten Nachtisch die glühende Orange hinunterschlucken würde.

Und dann sagt Kosmos leise:

»Aber wir brauchen Geld!«

Die Königin kuckt, als würde sie aus einem Traum auftauchen, erst ganz verwirrt und dann plötzlich streng und hellwach.

Und Neuner weiß, Kosmos hat gerade einen Fehler gemacht.

Und Kosmos weiß das auch.

»So«, sagt die Königin. »Ihr braucht also Geld ... wer braucht das nicht?«

»Er meint«, sagt Neuner und weiß eigentlich gar nicht, wie er es sagen soll. »Er meint, ob Sie vielleicht ... ob Sie uns etwas Geld borgen könnten ...?«

»Borgen?« Die Königin lacht auf. Aber ihr Lachen klingt bitter.

Neuner erschrickt.

»Nein ... nein, ich mein ja nicht borgen«, sagt Neuner. Und weiß nicht mehr weiter.

Und weil sie das sieht, streicht ihm die Königin schnell übers Haar.

»Essen bezahlen ist kein Problem«, sagt sie. »Aber Geld borgen, niemals! Ihr wisst doch: Borgen bringt Sorgen!«

»Aber das Meer...«, bettelt Neuner und Tränen steigen ihm in die Augen. »Wir kommen doch sonst nie hin!«

»Komm!«, sagt Kosmos da. »Wir müssen los! Gute Nacht und vielen Dank fürs Essen!«

Er steht auf, zieht Neuner hoch.

Als sie schon fast die Tür erreicht haben, sagt die Königin plötzlich:

»He, wartet. Kommt noch mal zurück! Es gibt da vielleicht doch eine Möglichkeit.«

Die beiden drehen sich um.

»Ja?«

»Setzt euch. Ich schlage euch ein Geschäft vor.«

»Ein Geschäft?«, fragt Kosmos. »Was denn für ein Geschäft?«

»Ein Tauschgeschäft«, sagt die Königin. »Ich bekomme das, was euch am wertvollsten ist. Und ihr bekommt von mir das Geld fürs Meer. Habt ihr etwas, was euch sehr wertvoll ist?«

»Uns gehört doch nichts!«, sagt Kosmos.

»Jedem gehört etwas, das für ihn wertvoll ist«, sagt die Königin und steht auf. »Ich lasse euch jetzt eine Weile allein. Vielleicht fällt euch ja etwas ein, was ihr mir geben könntet.«

Neuner sieht, wie die Königin durch die Kneipe geht. Sie geht ganz gerade, mit hoch erhobenem Kopf geht sie. Und es sieht aus, als würden die Männer eine Gasse bilden, als würden sie zurückweichen, wenn die Königin an ihnen vorbeikommt.

Die Männer grinsen verlegen und es kommt Neuner so vor, als würden sie ein bisschen die Köpfe neigen.

Das ist alles wie im Märchen, denkt Neuner. Das ist wirklich so wie in den Märchen, die Mama immer erzählt hat.

Neuner würde gern wissen, ob die Königin eine wirkliche Königin ist. Eine wirkliche Königin wie das Schneewittchen und das Dornröschen und all die anderen Märchenbuch-Königinnen, von denen Mama früher erzählt hat.

»Und?«, fragt Neuner. »Sag schon, Kosmos, was können wir ihr geben?«

Kosmos zuckt mit den Schultern.

»Komm, sag schon, was hast du da in deinen Tüten? Da muss doch irgendwas drin sein! Irgendwas Wertvolles!«

Neuner greift sich eine Plastiktüte und will anfangen, in ihr rumzuwühlen.

Kosmos reißt sie ihm aus der Hand.

»Finger weg! Da ist nichts drin, was man ihr geben kann!«

»Und wie wär's mit deiner Kappe?«

Kosmos tippt sich mit dem Finger an die Stirn.

»Mensch, Kosmos, willste nun ans Meer oder nicht?«, fragt Neuner ungeduldig.

»Klar will ich ans Meer, du Spinner! Aber was soll denn die Königin von Caracas mit meiner alten roten Kappe anfangen?«

Neuner muss plötzlich daran denken, was er Mama früher zum Muttertag geschenkt hat. Meistens waren es Steine gewesen. Schöne glatt geschliffene Steine, die er am Flussufer gesucht hatte. Und wie Mama sich immer darüber gefreut hat... Den glattesten Stein hatte sie sogar in die Manteltasche gesteckt und jeden Tag bei sich gehabt, wenn sie morgens zu Fischer & Frost ging.

»Das ist ab jetzt mein Talisman!«, hatte Mama gesagt. »Und immer, wenn ich den anfasse, muss ich an meinen kleinen Häwelmann denken!«

Aber jetzt ist der Fluss weit weg und Muttertag auch.

Neuner wühlt in seinen Hosentaschen, er findet keinen einzigen Stein, er findet nur eine hellgrüne Glasmurmel, einen zerquetschten Kaugummistreifen und einen verrosteten Schlüssel, der nirgendwo passt.

»Ich hab's! Das isses!«, sagt Kosmos und klatscht sich mit der flachen Hand vor die Stirn. »Dass ich da nicht eher drauf gekommen bin!«

»Nun sag schon, was ist dir eingefallen?«, drängelt Neuner.

»Erinnerst du dich an die Schutzengelplakate? Diese Flügelfrauen, die die Männer und ihre Autos beschützen? Immer da, immer nah!«

»Die Schutzengelplakate, wieso? Was haben denn die mit unserem Geschäft zu tun?«

»Viel«, sagt Kosmos und grinst. »Was die wollen, können wir schon lange!«

Neuner ist verwirrt. »Wieso? Was wollen die denn?«

»Die wollen den reichen Leuten Schutzengel verkaufen!«, sagt Kosmos.

»Ja, und?«

»Mensch, bist du langsam! Sie will etwas Wertvolles, die Königin!«

Und da endlich begreift Neuner.

»Das meinst du nicht ernst!«

»Und ob«, sagt Kosmos. »Wenn ich selber einen Schutzengel hätte, könnten wir meinen nehmen. Würd mir nichts ausmachen. Nicht, wenn er das Einzige wär, wofür wir Geld bekommen könnten, um ans Meer zu fahren!«

»Da mach ich nicht mit! Mein Schutzengel gehört

mir und den geb ich nicht her! Für nichts! Nie! Nie! Nie!«

»Würde wahrscheinlich auch sowieso nichts nützen«, sagt Kosmos. »Was soll die Königin von Caracas mit deinem Schutzengel.«

Neuner zögert.

Neuner denkt nach.

»Und was passiert, wenn man seinen Schutzengel verkauft hat? Ist er dann für immer weg, obwohl man dran glaubt?«

Kosmos zuckt die Schultern. Er sieht plötzlich ratlos aus.

»Weiß ich doch nicht«, sagt er dann. »Kenn ich mich mit Schutzengeln aus? Ich weiß nur eins: Wir wollen ans Meer und wir brauchen Geld. Und was Besseres als deinen Schutzengel haben wir nicht.«

Neuner zögert.

»Wie du an mir sehen kannst, lebt man auch ohne Engel ganz gut«, sagt Kosmos. »Und wenn wir erst mal am Meer sind, dann brauchst du sowieso keinen Schutzengel mehr. Dann haben wir nämlich alles, was wir brauchen, verstehst du? Ich mach da 'ne Bude auf mit so einem großen Schild vorn: KOSMOS UND NEUNER, KALTGETRÄNKE AUS DEM EIS. Und du gehst am Strand lang mit 'ner Kühltasche und bedienst die Leute. Wir werden reich da unten, versprochen, Neuner! Und wenn wir reich sind, dann kaufen wir deinen Schutzengel einfach zurück!«

Neuner zögert immer noch.

Mamas Neuer hat damals gesagt: »Mach die Augen zu, und was du dann siehst, das gehört dir!«

Nie hatte Neuner was gesehen, wenn er die Augen zumachte. Bis auf ein paar rote Kringel war immer alles schwarz geblieben. Aber heute ist das anders.

Neuner macht die Augen zu und er sieht eine Bude am Strand und ein weißes Schild mit großen roten Buchstaben:

KOSMOS UND NEUNER

KALTGETRÄNKE AUS DEM EIS

Ganz blau ist der Himmel, den Neuner sieht, und ganz blau ist das Meer und auf dem großen weißen Schild sitzen drei Möwen und kucken zu, wie Neuner die Flaschen öffnet …

Ja, denkt er, vielleicht hat Kosmos Recht. Dieser Kosmos, der wie ein Seefahrer heißt, dieser Kosmos, der Abbruchhäuser findet und Bluthunde besiegt. Einen besseren Freund als Kosmos hat Neuner noch nie gehabt, und wenn man so einen Freund hat, dann braucht man vielleicht wirklich keinen Schutzengel mehr, kann ja sein. Auf jeden Fall stimmt eins: Etwas

Besseres als den Schutzengel können wir der Königin nicht anbieten, denkt Neuner. Und das mit dem Zurückkaufen ist doch vielleicht eine ganz gute Idee. Probieren könnten wir es ja, und wenn ich Glück hab, glaubt sie nicht dran. Genau wie Kosmos. Könnte ja sein, denkt Neuner.

Die Daddelmaschine vorn am Tresen klingelt plötzlich und die bunten Lichter flackern wie verrückt. Neuner dreht sich um.

»Lokalrunde!«, ruft der Typ, der Neuner zuerst rausschmeißen wollte. »Herbert, das kostet 'ne Lokalrunde! Hat der verrückte Penner schon wieder die Hunderterserie erwischt!«

»Glück im Spiel, Pech in der Liebe!«, kreischt die Lippenstiftfrau.

»Halt du dich zurück, Lola!«, bellt der, der Herbert heißt.

In der Daddelmaschine klimpert es jetzt. Ein Fünfmarkstück nach dem andern fällt in die Ausgaberinne.

Kosmos kriegt ganz große Augen.

»Manche bekommen das Geld einfach so«, sagt Neuner. »Die müssen keinen Schutzengel verkaufen!«

Er hält nach der Königin Ausschau, aber er kann sie nicht finden. Vielleicht hat sie ja nur einen Scherz gemacht. Vielleicht ist sie einfach nach Hause gegangen.

»Na, wenigstens sind wir satt geworden!«, sagt Neuner und wendet sich wieder Kosmos zu. »Komm, lass uns gehen, Kosmos! Das ist doch genug für eine Glücksnacht!« Er klingt fast ein bisschen erleichtert.

»Was für eine Glücksnacht?«, fragt die Königin hinter Neuners Rücken.

Neuner springt auf. Da steht sie tatsächlich und lächelt.

»Na, was wollt ihr mir denn nun verkaufen? Kosmos, wie ich dich einschätze, ist dir doch bestimmt was eingefallen!«

»Was zahlen Sie denn?«, fragt Kosmos.

»Genug, um ans Meer zu kommen!«, sagt die Königin.

»Achthundert!« sagt Kosmos. »Unter achthundert läuft nichts!«

Das ist viel Geld, denkt Neuner, so viel Geld hab ich noch nie gehabt.

»Vielleicht verrätst du mir erst mal, wofür ich bezahlen soll!«

»Also«, sagt Kosmos. »Die Sache ist so: Wir haben überlegt und wir finden, dass Sie eine ganz besondere Person sind, wenn Sie verstehen, was ich sagen will, also wir denken, so eine Person wie Sie, die braucht etwas ganz Besonderes ...«

»Er will sagen, dass Sie die rote Baseballkappe wohl eher nicht kaufen würden!«, sagt Neuner.

Die Königin verbeißt sich das Lachen, sie gibt sich große Mühe, ernst und streng zu kucken.

»Ja, also«, fährt Kosmos fort. »Also, wir meinen, zu Ihnen passt eher etwas Ausgefallenes. Etwas wirklich Wertvolles. Etwas Einmaliges ...«

Er redet wie ein Autoverkäufer, denkt die Königin, und das macht er gut, ich hätte es mir denken können.

»Und da wir, wie Sie ja wissen, nicht eben zu denen gehören, die im Überfluss schwimmen ... also wir haben uns gedacht, das wirklich Wertvollste und Einmaligste, das wir Ihnen anbieten könnten ...«

»... wäre mein Schutzengel!«, sagt Neuner.

»Der Engel ist gut, gnädige Frau«, sagt Kosmos. »Fast neu, selten gebraucht, kein bisschen abgenutzt. So einen Engel finden Sie nicht alle Tage! Stimmt's, Neuner?«

Neuner nickt. Aber sagen kann er jetzt nichts mehr. Eigentlich will er seinen Schutzengel immer noch nicht verkaufen.

»Ich bin beeindruckt!«, sagt die Königin von Caracas. »Ich bin wirklich tief beeindruckt! So ein Handel ist mir noch nie angeboten worden. Einen Schutzengel soll ich also kaufen ... Ein Schutzengel ist etwas sehr Eigenes ...«

Sie sieht Neuner nachdenklich an.

»Bist du denn sicher, dass du auf deinen Schutzengel verzichten kannst? Bist du ganz sicher, dass du ihn nicht brauchst?«

Neuner beißt sich auf die Unterlippe.

»Kosmos hat gesagt, wenn wir erst mal am Meer sind, dann geht es uns gut und dann kann nichts mehr passieren. Wer am Meer wohnt, der braucht bestimmt keinen Schutzengel, hat Kosmos gesagt!«

»Gnädige Frau, ich selbst hab auch keinen Schutzengel und ich komm ganz gut klar«, sagt Kosmos schnell. »Und außerdem ist Neuner ja nicht allein. Ich bin ja auch noch da!«

Die Königin von Caracas schaut Kosmos prüfend und nachdenklich an.

»Also gut«, sagt sie dann. »Also gut, aber du schwörst, dass du den Kleinen nicht allein lässt! Du wirst bei ihm bleiben und auf ihn achten! Abgemacht?«

»Ich schwöre!«, sagt Kosmos feierlich. »Ich schwöre bei allem, was mir heilig ist!«

Da macht die Königin von Caracas ihre Handtasche auf. Sie zieht ein Bündel Geldscheine heraus. Ein dickes Bündel.

So viel Geld hat Neuner noch nie gesehen.

»Du verkaufst?«

»Achthundert!«, sagt Kosmos. »Achthundert oder gar nicht!«

»Ja!«, nickt Neuner. »Ich verkaufe!«

Die Königin seufzt.

»Ein Schutzengel ist wirklich etwas sehr Eigenes. Du darfst ihn nicht zu billig abgeben, Neuner. Deshalb lege ich noch was drauf. Ich gebe dir tausend.«

Kosmos macht ein überraschtes Gesicht, er will gerade etwas sagen, aber die Königin bringt ihn mit einer Handbewegung zum Schweigen.

»Keinen Pfennig mehr«, sagt sie streng. »Und das Geld gehört dem Kleinen, Kosmos! Verstanden?«

Neuner kuckt Kosmos an.

Kosmos sagt: »Verstanden!«, und nickt.

Die Königin streckt Neuner die Hand entgegen. Und da endlich schlägt Neuner ein.

»Abgemacht!«

»Aber in kleinen Scheinen! Und mit Quittung«, sagt Kosmos.

»Selbstverständlich, der Herr. Ganz wie Sie wünschen!«, antwortet die Königin von Caracas und jetzt kann sie sich das Lachen doch nicht verbeißen, denn dieser Kosmos mit seiner kleinen roten Kappe ist einfach zu komisch, wie er versucht, den großen Geschäftsmann zu mimen.

So schnell sind die beiden noch nie gerannt. Sie rennen die Straße runter. Bloß weit weg.

Sie könnte es sich ja noch mal überlegen, die Königin von Caracas, sie könnte ja plötzlich von hinten die Hand auf Neuners Schulter legen, lachen und sagen:

»So, ihr beiden, den Test in geschickter Verhandlungsführung habt ihr bestanden und jetzt rückt mal ganz schnell die Knete wieder raus.«

»Mann!«, keucht Kosmos und bleibt stehen. »So viel Geld! Damit kommen wir dreimal ans Meer! So viel Knete und das alles für deinen Schutzengel! Das gibt's doch gar nicht!«

Neuner sagt nichts.

Neuner sieht noch nicht mal glücklich aus.

Neuner zittern die Knie. Er ist ganz blass und Schweiß steht ihm auf der Stirn, und zwar nicht nur vom Rennen.

Sie sind an der Autobahnbrücke und der Schrottplatz ist jetzt ganz weit weg. Das kommt vom Hakenschlagen, das kommt davon, wenn man es so eilig hat. Das wird ein langer Weg zurück werden.

Und ich hab noch nicht mal einen Schutzengel, denkt Neuner und da zittern seine Knie noch viel mehr.

»Haken krümmt man beizeiten«, hat der Neue immer gesagt. »Und eine feste Hand hat noch niemandem geschadet. Du bist viel zu weich mit dem Jungen. Lass mich mal machen!«

Aber trotzdem war Mama immer abends in Neuners Zimmer gekommen, hatte sich zu ihm ans Bett gesetzt und ihm ganz leise das Lied von den Schutzengeln vorgesungen. »Abends wenn ich schlafen geh, vierzehn Englein um mich stehn …« Ganz leise hatte Mama gesungen, damit der Neue es nicht hörte.

Aber eines Abends hörte er es doch und hat Mama von der Bettkante gestoßen und hat Mama geschlagen und gebrüllt, sie solle ja nicht wagen, den Bastard hinter seinem Rücken zu verzärteln!

Und Mama hatte die Hände vors Gesicht gehalten und war weinend aus dem Zimmer gelaufen und der Neue hinterher.

»Was ist denn los, Kleiner? Freust du dich denn gar nicht?«

Kosmos hält ihm das Geldbündel vors Gesicht und wedelt damit rum.

»Das gehört dir, Kleiner! Mensch, freu dich doch und sag endlich was!«

»Weiß nicht«, sagt Neuner. »Ich hab auf jeden Fall jetzt keinen Schutzengel mehr!«

»Mann, darum geht's doch gar nicht!«

»Doch! Darum geht's!«, schreit Neuner plötzlich. »Wenn ich keinen Schutzengel mehr habe, dann bin ich erledigt, verstehste! Dann fall ich aus'm Fenster und da ist kein Gebüsch unten. Da ist dann nur Beton, verstehste!«

»Nee, versteh ich nicht! Das ist doch Blödsinn, was du da redest.«

»Ach, Blödsinn also! Und wie war das mit deinen Bluthunden?«

»Das war Hypnose! Da war kein Schutzengel, der die Bluthunde festgehalten hat!«

»Aber sie hätten dich doch zerfleischen können, oder? Du hättest auch tot sein können, deine blöde Hypnose hätte versagen können, oder?«

»Hat sie aber nicht! Was willste denn damit beweisen?«

»Dass du wohl einen Schutzengel hast! Auch wenn du behauptest, du hast keinen!«

»Du spinnst!«, sagt Kosmos.

Unter ihnen donnern die Lastwagen über die Autobahn.

Die fahren zum Meer, denkt Kosmos und sieht den roten Rücklichtern nach. Und während er das tut, macht Neuner eine blitzschnelle Drehung und klettert auf den Brückenbogen.

»Ej, Mann, was machste denn da?«, brüllt Kosmos.

»Ich will was probieren!«

»Komm da runter, das ist viel zu gefährlich!«

»Ich balancier da jetzt rüber!«

»Das machst du nicht! Das ist lebensgefährlich!«

Aber Neuner hat die Arme schon ausgebreitet und steht da mitten in der Nacht auf diesem Brückenbogen und schwankt und unter ihm donnern die Lastwagen Richtung Meer.

Kosmos ist starr vor Schreck. Am liebsten würde er weglaufen, aber das kann er nicht, das darf er nicht, das hat er doch der Königin versprochen.

»Ej, Mann«, bettelt er, »komm da runter, bitte!«

In seinem Kopf dröhnt es wie von einem Trommelwirbel im Zirkus.

Und Neuner hält seinen Kopf ein bisschen schief, als würde er diesen Trommelwirbel auch hören.

Jetzt ist er »Neuner, der berühmteste Seiltänzer der Welt«, der Einzige, der ohne Netz und doppelten Boden den Hudson River überquert.

Und dann geht er los.

Ganz vorsichtig, ganz langsam, mit ausgebreiteten Armen setzt er einen Fuß vor den andern.

»Mensch, Neuner, denk doch ans Meer! Da müssen wir doch hin! Was soll ich denn da alleine? Was soll ich denn machen, wenn du hier abstürzt?«

»Wenn ich das jetzt nicht schaffe, komm ich sowieso nicht ans Meer! Nicht mit dir und nicht ohne dich!«, ruft Neuner und setzt noch einen Fuß vor den anderen.

Er ist ein Seiltänzer, ein Brückenbalancierer, ein Brückenbalancierer im Wind. Ganz hoch oben über der Autobahn.

Jetzt hat er die Mitte erreicht. Hier ist die Brücke am höchsten. Neuner schwankt ein bisschen. Er stemmt sich gegen den Wind.

Kosmos hält den Atem an.

Der stürzt ab, dieser Verrückte, denkt Kosmos. Der stürzt bestimmt ab, das kann einer gar nicht schaffen.

Aber Neuner geht weiter, ganz langsam, Schritt für Schritt für Schritt für Schritt.

Jetzt hat er schon drei Viertel des Brückenbogens hinter sich und ist immer noch nicht abgestürzt. Kosmos geht genau unter ihm.

Wenn er jetzt fällt, könnte ich ihn vielleicht auffangen, denkt Kosmos. Und noch während Kosmos das denkt, rutscht Neuner ab.

Neuner stürzt und er flattert mit den Armen wie eine Krähe.

Kosmos breitet seine Arme aus, um ihn aufzufangen.

Das Ganze passiert in einer einzigen Sekunde.

Dann liegen beide am Boden. Neuner oben und Kosmos unten. Und Kosmos merkt noch, wie ein scharfer Schmerz durch seinen Fuß zuckt und wie sein Kopf hart auf die Bordsteinkante schlägt. Dann merkt er nichts mehr.

Die Nacht ist schwärzer geworden. Alles ist jetzt schwarz. In Kosmos und um Kosmos herum.

»Mach doch die Augen auf, Kosmos! Bitte mach doch die Augen wieder auf!«

Von ganz weit weg hört Kosmos Neuners Stimme. Und er spürt, wie jemand ihm kleine Ohrfeigen gibt. Die Nacht wird wieder heller.

»Hör auf, mich zu schlagen, du Idiot!«, sagt Kosmos. Er setzt sich auf und versucht sich zu bewegen. Er dreht den Kopf, dann streckt er die Arme aus, dann versucht er mit den Zehenspitzen zu wackeln.

»Scheiße! Mein Fuß«, sagt Kosmos und verzieht das Gesicht. »Ich glaub, meinen Fuß hat's erwischt!«

Neuner sieht aus, als würde er gleich anfangen zu heulen.

»Wehe, du heulst!«, sagt Kosmos. »Du bist ein Riesenidiot und wehe, du heulst!«

Neuner schluckt das Schluchzen runter.

»Lass mal sehen!« Er tastet Kosmos den Knöchel ab.

»Lass das!«, sagt Kosmos. »Hilf mir lieber hoch!«

Es dauert ein bisschen, aber schließlich steht Kosmos wieder.

»Gebrochen?«, fragt Neuner.

»Nee, höchstens verstaucht, aber wegen dir muss ich jetzt humpeln, du Idiot!«, flucht Kosmos.

»Das hab ich nicht gewollt! Glaub mir, das hab ich ehrlich nicht gewollt!«

»Was haste *denn* gewollt, du Spinner? Warum biste da hochgeklettert?«

»Ich … ich … wollte was ausprobieren!«, stottert Neuner. »Wegen dem Schutzengel, verstehste, weil … wenn ich keinen mehr hab, dann komm ich nie ans Meer, auch nicht mit Geld!«

»Verdammter Idiot! Du hast doch den Schuss nicht gehört! Du hast doch nicht alle Schweine im Rennen!«

»Aber ich bin abgestürzt und das bedeutet …«

»Das bedeutet gar nichts! Das bedeutet höchstens, dass du wahnsinnig bist … keiner wär da rübergekommen, mit oder ohne Engel nicht! Keiner, sag ich, und schon gar nicht bei dem Wind!«

»Aber …«

»Aber was? Hab ich dich aufgefangen? Hab ich mir fast den Fuß dabei gebrochen? Mach das nie wieder! Du hättest tot sein können! Und jetzt komm endlich. Ich bin müde!«

Kosmos ist wirklich wütend und er wird immer wütender. Mit jedem Schritt, den er macht, wird er wütender. Er stützt sich auf Neuner und sein Knöchel tut so weh, dass er schreien möchte. Aber Kosmos schreit nicht, er flucht stattdessen, er stützt sich auf Neuner, er schimpft vor sich hin und Neuner muss die ganze Last tragen und die Plastiktüten noch dazu.

»Ja, du hast Recht. Ich hätte wirklich tot sein können!«, flüstert Neuner irgendwann. »Und ich tu's auch nie wieder! Bestimmt nicht! Aber jetzt hör auf! Hör doch bitte endlich auf zu fluchen!«

Als sie das Abbruchhaus erreichen, dämmert es schon. Das langsame Licht kriecht an den Himmel und macht den Mond ganz blass. Weit weg tutet die Sirene von Fischer & Frost und Neuner sehnt sich nach Mama, sehnt sich nach ihrem Geruch, sehnt sich nach ihrer Stimme, sehnt sich so sehr, dass ihm die Tränen übers Gesicht laufen.

Aber das zeigt er Kosmos nicht. Er dreht den Kopf einfach weg, kriecht unter die Decke und schluchzt ins Kissen, schluchzt so lange, bis er einschläft.

Kosmos hat sich zur Wand gedreht und denkt: Jetzt heult der auch noch, der Spinner ... Aber ich tu einfach so, als ob ich's nicht merke. Der ist doch verrückt. Ein Klotz am Bein ist er. Das hab ich ja immer gewusst, mit dem kommt man doch nie ans Meer! Und er denkt: Hoffentlich tut mein Fuß morgen nicht mehr so weh. Und dann ist auch Kosmos eingeschlafen.

Während Kosmos und Neuner schlafen, vom Meer und von Möwen träumen und von der großen Reise, die morgen endlich beginnen soll, klingelt im Caracas die Daddelmaschine und dreht eine Serie nach der anderen.

Und die Königin sitzt auf ihrem Barhocker und

wacht über die Gewinne und über die Männer, damit sie nicht anfangen zu streiten und zu kämpfen und zu schlagen.

Und während sie darüber wacht, denkt sie an den kleinen Jungen, der sich Neuner nennt, und an den Schutzengel, der jetzt ihr gehört. Und ihr ist gar nicht wohl bei dem Gedanken.

»Mensch, Königin, hoffentlich haben Sie da man keinen Fehler gemacht«, hat Josef, der Kellner gesagt und dabei an seinem speckigen Frack rumgewischt.

»Mensch, Josef, müssen Sie denn jeden Tag die ganze Speisekarte auf ihrem Frack tragen?«, hat die Königin geantwortet.

»Nichts für ungut, Königin, nichts für ungut!«, hat Josef, der Kellner gemurmelt. »Man wird ja nicht jünger! Aber das mit dem Schutzengel war nicht richtig! Der Lütte braucht den doch! Der kommt doch ohne Engel nicht durch!«

Josef, der Kellner hat irgendwo Recht. Das weiß sie selbst. Und wer, außer ihr, sollte das wohl besser wissen.

Was soll man denn machen, denkt die Königin. Was kann man denn anderes tun, wenn da einer steht, der das Einzige hergeben will, das er besitzt, für seinen Traum?

So hatte sie doch selbst dagestanden, damals mit siebzehn. Abgehauen von zu Hause. Weg aus diesem miefigen Kuhdorf, wo man nichts tun konnte als träumen. Träumen von der großen weiten Welt, die gleich hinterm Kirchturm anfängt und nirgendwo aufhört.

So hatte sie doch selbst dagestanden in der großen grauen Stadt und nichts hatte ihr gehört außer dem Goldkettchen um ihren Hals und diesem Traum: ein besseres Leben, ein Haus am Meer. Aber wie das bekommen, wenn man nicht einmal weiß, wo man schlafen wird in der nächsten Nacht?

Auf der Stelle hätte sie ihren Schutzengel verkauft. Aber für den hatte sich niemand interessiert.

Sie musste auf andere Weise Geld verdienen, auf der Straße. Für ihren Traum hatte sie sich dort verkauft. Für das bessere Leben, für das Haus am Meer. In der großen grauen Stadt wurde aus dem Mädchen vom Land die Königin von Caracas. Und viele Männer bezahlten viel Geld für das Schönsein und das Jungsein der Königin.

Das alles denkt die Königin und sitzt jetzt da mit ganz abwesenden Augen, und Josef, der Kellner, der sieht das und stellt einen Schnaps vor sie hin. Denn wenn sie so dasitzt, dann hilft nur ein Schnaps. Das weiß Josef. Das hat er gelernt.

In einem Zug kippt die Königin den Schnaps runter. Sie kuckt die Männer an und die Daddelmaschine und muss daran denken, wie es war, als sie schließlich genug Geld hatte, sogar diese Kneipe zu kaufen. Da waren endlich die Nächte vorbei, in denen sie mit jedem Fremden ihr Bett teilen musste. Nein, ich habe nichts verloren, denkt die Königin, wenn man's richtig betrachtet, hab ich gewonnen. Träume sind wichtiger als Engel, Träume sind manchmal sogar wichtiger als Brot. Dieser Kosmos gefällt mir nicht ganz ... Aber der Kleine, der Neuner heißt, der könnte es schaffen.

Ein leises Lächeln fliegt ihr übers Gesicht. Und als Josef, der Kellner noch mal mit der Flasche vorbeikommt um nachzuschenken, hält sie ihn fest.

»Wissen Sie, Josef«, sagt sie zu ihm und ihre Stimme klingt fest wie immer, »es ist, wie es ist. Ich musste lernen, Sie mussten lernen. Jeder muss lernen. Und Kosmos, der Gauner, wird jetzt eine Zeit lang den Schutzengel spielen müssen. Die Rolle ist so groß wie sein Name und ich denke, er kann sie ausfüllen. So zahlt eben jeder. Umsonst ist der Tod und Wunder sind selten.«

Die Königin lacht und sie lässt Josef, den Kellner los. Und er geht und schüttelt den Kopf, denn verstanden hat er das nicht.

Wenn gleich die letzten Gäste fort sind, dann wird sie nach Hause fahren, in die Villa am Flussufer, und dort wird sie ein heißes Bad nehmen.

Ja, das wird gut tun, denkt die Königin. Und wenn

ich diesen Kleinen wiedertreffe, dann soll er seinen Engel zurückhaben, so wahr ich die Königin von Caracas heiße!

Der kommt doch nie ans Meer, denkt Kosmos.

Das Gurren der Tauben auf dem Dachboden hat ihn viel zu früh geweckt. Er sitzt auf der zerschlissenen Matratze und zählt immer wieder das Schutzengelgeld.

Neuner schläft noch tief und fest.

Tausend, das ist der Wahnsinn! Das reicht für hundert Meere. Das reicht für alle hungrigen Möwen noch dazu. Und für einen Kiosk am Strand:

KOSMOS' KALTGETRÄNKE. EXTRAFRISCH UND EXTRAKALT!

Neuner stöhnt leise im Traum.

Aber mit dem da komm ich ja nicht mal bis zum Bahnhof, denkt Kosmos. Neuner ist ein Klotz am Bein. Ein Unglückswurm. Ein Brückenbalancierer ist das. Den werde ich immer nur retten müssen. Immer und ewig. Und wenn ich nicht gewesen wäre … der hätte doch nie so viel Knete bekommen. Das war doch meine Idee. Und eigentlich ist das auch mein Geld. Knallhart verhandelt und ehrlich verdient!

Noch immer schläft Neuner.

Kosmos steht jetzt auf. Der Fuß tut kaum noch weh. Er schiebt das Geldbündel unter sein Hemd.

Und während die Tauben ganz laut gurren, schleicht Kosmos ganz leise aus dem Raum, geht vorsichtig die morsche Treppe hinunter, hält die Luft an, wenn eine Stufe knarrt, und steht endlich draußen unter dem blauen Himmel in der frühen Sonne.

Und dann rennt er los.

Endlich wird Neuner wach. Er blinzelt. Er reibt sich den Schlaf aus den Augen, und das Erste, was er denkt, ist:

Heute geht's los! Heute fängt die große Reise an! Ans Meer! Ans Meer!

»Ej, Kosmos!«, sagt Neuner. »Bist du schon wach?«

Aber da antwortet niemand.

Da liegt auch keiner.

Und Neuner begreift zuerst gar nichts und sagt:

»Ej, Kosmos, komm raus! Mach keinen Quatsch!«

Aber da antworten nur die Tauben und sonst ist da wirklich keine Menschenseele …

»Kosmos!«, ruft Neuner. »KOSMOS!«

Und er stürzt zum Fensterloch ohne Glas und Rahmen und hängt sich raus und brüllt:

»K O S M O S !«

Aber Kosmos ist weg. Einfach weg. Abgehauen. Mit dem ganzen Schutzengelgeld! Ans Meer! Allein ans Meer!

Und Neuner schmeißt sich auf die Matratze und

trommelt mit den Fäusten. Er schreit seine ganze Wut und den Schmerz und die Enttäuschung ins leere Abbruchhaus. Er schreit so laut, dass sogar die Tauben aufhören zu gurren und mit schweren Flügeln aufs nächste Dach flattern.

Und dann weint er und er weint so lange, bis keine Tränen mehr kommen, bis er leer geweint ist. Ganz leer.

Und Kosmos rennt. So schnell er kann. Bloß weg. So viel Geld und alles seins.

Über den Dächern hallt sein Name.

KOSMOS!, brüllt Neuner. K O S M O S !

Kosmos schlägt Haken, als ob er gejagt würde. Er läuft unter seinem Namen durch. Er biegt ab, läuft geradeaus und biegt wieder ab. Es ist, als liefe er vor sich selber weg. Aber das will nicht gelingen, denn Neuners Schrei folgt Kosmos, und selbst als die Morgenstille längst wieder über den Straßen liegt, hört er neben seinen Schritten immer noch diesen Schrei.

K O S M O S !

Und dann geht ihm die Puste aus und Kosmos bleibt stehen. Er lehnt sich an eine graue Hauswand und keucht. Neben ihm führt ein Torbogen in einen Innenhof.

Kosmos schaut sich um. Alles kommt ihm bekannt vor. Hier ist er schon mal gewesen. Ja natürlich, hier ist er Glatzenpeer zum ersten Mal begegnet und der roten Ilse und Hein Schoop mit dem Glasauge.

Kosmos erinnert sich jetzt ganz genau. Mundharmonikajonny hatte einen Warnton gespielt, einen dunklen rauen Ton, wie ein Eichelhäherschrei im Wald. Und Kosmos hatte gestutzt, sich vorgebeugt und in die Nacht gelauscht, denn der Ton passte nicht unter den Torbogen, er passte da so wenig hin wie ein Eulenschrei in ein Parkhaus. Irgendwo hatte ein Hund geheult und eine Kirchturmuhr hatte geschlagen. Vier helle Schläge für die Viertelstunden und elf dunkle für die Zeit.

Dann war es wieder ganz still gewesen und Kosmos hatte die Schultern gezuckt und den Kopf geschüttelt und er war weitergegangen durch den Torbogen in diesen Hinterhof, einen Schuppen suchen für die Nacht.

Und dann waren sie da, vier schwarze Schatten, von den Wänden gelöst, und Kosmos in den Weg getreten.

Glatzenpeer war der Wortführer gewesen. Glatzenpeer hatte seinen Arm von hinten um Kosmos' Hals gelegt, ihn in den Schwitzkasten genommen und sein Mund war ganz nah an Kosmos' Ohr und sein Atem hatte nach Schnaps gerochen und dann hatte Glatzenpeer »Parole?« geflüstert und ein bisschen fester zugedrückt.

»Weiß ich nicht!«, hatte Kosmos gekeucht.

»Weiß er nicht!«, hatte Glatzenpeer geechot. »Habt ihr das gehört, Leute? Weiß er nicht!«

»Durchsuchen!«, hatte Glatzenpeer befohlen und Hein Schoop mit dem Glasauge hatte die Plastiktüten ausgeschüttet.

Die rote Ilse hatte sich über den Inhalt hergemacht und von Zeit zu Zeit kleine spitze Schreie ausgestoßen.

»Ach, seht mal, ein Kamm!«

»Huch, eine Kerze!«

»Oh, ein Pullover!«

»Lass sehen«, hatte Mundharmonikajonny gebrummt und sich den Pullover gegriffen. »Na, bitte! Passt doch!«

»Fusel?«, hatte Glatzenpeer gefragt.

»Fehlanzeige!«, hatte die rote Ilse geantwortet.

»Bargeld?«, hatte Glatzenpeer gefragt.

»Fünf sechzig!«, hatte die rote Ilse geantwortet.

»Hör zu!«, hatte Glatzenpeer geflüstert. »Das hier ist unser Revier! Wir wollen hier keine Fremden! Kapiert? Anbaggern ist hier nicht. Die Plätze sind verteilt! Also verpiss dich!«

Er hatte Kosmos losgelassen, und so wie sie gekommen waren, waren die vier plötzlich wieder verschwunden, einfach verschluckt von der Nacht, und der Pullover und der Kamm und die fünf sechzig auch.

Ja, hier war das, genau unter diesem Torbogen.

Damals war Kosmos gerade in die Stadt zurückgekommen und heute … heute wird er die Stadt für immer verlassen.

Da legt jemand von hinten die Hand auf Kosmos' Schulter.

»Na, Kumpel?«, sagt Glatzenpeer. »Immer eilig oder was? Hast wohl den Kleinen im Kindergarten abgegeben! Muss ja auch mal sein, bisschen Freizeit braucht der Mensch!«

»Nimm deine dreckigen Pfoten da weg!«

»Nichts für ungut, Kumpel!«, sagt Mundharmonikajonny auf der anderen Seite. »Hab gehört, ihr seid zu Geld gekommen?«

»Kümmer dich um deinen eigenen Dreck!«, knurrt Kosmos.

»Man sagt, du hättest jetzt 'ne reiche Freundin! Eine gewisse Dame in Hellblau!«, sagt die rote Ilse.

»Die Königin, Ilse. Das ist die Königin von Caracas!«, sagt Hein Schoop mit dem Glasauge.

Diesmal werden sie's nicht schaffen, denkt Kosmos. Diesmal bin ich auf der Hut. Ich kenn die Brüder.

»Aber wo ist denn der Kleine?«, flötet die rote Ilse. »Hat er den verloren oder was?«

»Kindergarten«, sagt Glatzenpeer. »Kann er sich ja jetzt leisten! Hat ja jetzt Knete, der Kumpel!«

»Dann wolltest du doch bestimmt einen ausgeben, nicht?«, sagt Mundharmonikajonny.

»Sei doch nicht immer so aufdringlich, Jonny! Das hätte er doch gleich noch von selbst angeboten!«

Hein Schoop tänzelt Kosmos genau vor den Füßen herum.

Kosmos überlegt. Sie sind zu viert, er ist allein. Die Straße ist menschenleer. Von nirgendwo kann Hilfe kommen. Er muss die vier abwimmeln. Er muss bezahlen, sonst wird er sie nicht loswerden.

Er greift sich unters Hemd, tut so, als ob er sich da kratzen müsste, ganz unauffällig, damit sie's nicht mitkriegen. Er fühlt das Geldbündel. Er weiß genau, die Fünfziger liegen innen. Und dann hält er einen Geldschein in der Hand und den überreicht er Glatzenpeer.

»Da! Das ist für euch! Und jetzt lasst mich in Ruhe!«

»Ist das alles?«, fragt Glatzenpeer.

»Hör zu, du Ratte«, sagt Kosmos. »Entweder du nimmst das jetzt und die Sache bleibt unter uns oder ihr zieht mich aus und das erfährt die Königin, das schwör ich!«

Glatzenpeer kratzt sich am Kopf und kriegt den Mund nicht mehr zu.

Mundharmonikajonny spielt schnell einen Tusch.

»Lass mal sehen!«, kreischt die rote Ilse. »Das reicht

doch! Das reicht zehnmal! Kommt, Jungs, ich hab Durst!«

»Ich hab's ja gewusst!«, sagt Hein Schoop. »Er ist doch ein feiner Kumpel! Und grüß mir den Kleinen, wenn er dich wiederfindet!«

Er zieht seinen verbeulten Hut und verbeugt sich leicht. Und dann drehen die vier ganz schnell um, denn an der Ecke ist der Kiosk und der hat schließlich schon geöffnet.

»Nein«, denkt Kosmos. »Nein, so will ich nie werden!«

Brückenpenner sind das, Strandpiraten, ein Lumpengesindel, verlaust und versoffen. Die wollen nichts mehr, die haben vor Jahren schon aufgegeben. Solche wie die, die kommen doch nie ans Meer.

Aber ich, denkt Kosmos.

Aber wir, denkt Kosmos. Der Kleine, der Brückenbalancierer, der und ich. Wir schaffen das.

Und plötzlich muss er sich erinnern, wie er mit Neuner am Fluss gesessen hat und vom Meer geträumt und wie sie beide die großen Wellen gesehen haben, die an den Strand klatschen mit den weißen Schaumkronen. Und wie sie die Möwen haben schreien hören.

Und dann hört Kosmos sogar Neuners Stimme. Ganz deutlich hört er, wie Neuner sagt:

»Ich will ans Meer, Mann! Ich werde alles tun, um da hinzukommen. Auch auf den Händen laufen!

Wie, glaubst du, ist das Meer? Ist es blau oder ist es grün?

Und wie, glaubst du, schmeckt das Meer? Schmeckt es süß oder schmeckt es salzig?

Und wie, glaubst du, riecht das Meer?

Mensch, Kosmos, ohne Schutzengel komm ich doch nie ans Meer, verstehste?«

Das alles hört Kosmos, während er mit schnellen Schritten die Straße entlangläuft.

Nee, denkt er. So nicht! Das kannste nicht machen. Einfach abhauen und den Kleinen in der Scheiße sitzen lassen. Auch wenn er ein Klotz am Bein ist! Das kannste nicht machen, Kosmos! Für keinen Kiosk der Welt!

Und er schämt sich jetzt, dass er abgehauen ist. Mit dem ganzen Geld! Einfach so!

Und dann richtet er sich auf und holt tief Luft.

Ich muss zurück! Zurück zum Abbruchhaus!

Jetzt hofft Kosmos nur, dass Neuner noch dort ist und auf ihn wartet.

Und als er eine Bäckerei sieht, kauft er Brötchen und Milch und dabei fällt ihm die beste Ausrede der Welt ein:

»Ej, Neuner, ich war nur eben mal los, Frühstück kaufen! Du hast ja geschnarcht wie ’n Grizzly! Warst ja nicht wachzurütteln, Mann!«

Ja, genau so!

Hoffentlich ist er noch da!, denkt Kosmos und geht schneller.

»Ej, Neuner, ich war nur eben mal los, Frühstück kaufen! Du hast ja geschnarcht wie 'n Grizzly! Warst ja nicht wachzurütteln, Mann!«

Kosmos reißt die Brötchentüte auf.

»Hier, riech mal! Die sind noch ganz warm!«

Neuner liegt auf der Matratze und bewegt sich nicht.

»Mann, was ist los? Lebst du noch?«

Neuner dreht den Kopf zur Wand.

Da kniet sich Kosmos neben ihn und legt die Hand auf seinen Rücken.

»Mensch, Kleiner, du heulst ja!«

Da schnellt Neuner hoch. Wie ein Springteufelchen schnellt Neuner hoch.

»Ich heul gar nicht! Ich heul kein bisschen! Und schon gar nicht wegen dir!«

Und Neuner fängt an, mit den Fäusten auf Kosmos' Brust zu schlagen. Es sind kleine harte Schläge, die richtig wehtun. Aber Kosmos wehrt sich nicht.

Geschieht mir recht!, denkt er. Geschieht mir ganz recht!

»Du … bist … abgehauen … mit … dem … ganzen … Geld …«, keucht Neuner.

»Du … wolltest … mich … sitzen … lassen …!«, keucht Neuner.

»Du … wolltest … allein … ans … Meer!«, keucht Neuner. »Gib's … zu …!«

»Du spinnst!«, sagt Kosmos. »Ich hab doch nur Brötchen geholt!«

Da lässt Neuner die Arme sinken. Er schaut Kosmos direkt in die Augen und Kosmos kuckt weg.

»Siehste«, sagt Neuner leise. »Du kannst mir nicht mal in die Augen kucken … und mit so einem Kumpel wollte ich ans Meer … und für so einen Kumpel hab ich meinen Schutzengel verkauft!«

»Tut mir Leid!«, flüstert Kosmos.

»Vergiss es!«, antwortet Neuner. »Ich kann genauso gut hier bleiben! Ich komm sowieso nicht ans Meer! Ohne Schutzengel komm ich doch nirgendwo mehr hin!«

Kosmos sagt nichts mehr. Er kann nichts mehr sagen.

Er will Neuner ein Brötchen geben. Aber Neuner nimmt es nicht.

Kosmos muss allein frühstücken, während Neuner auf der Matratze liegt und die Decke anstarrt.

Ganz langsam tropft die Zeit.

Ganz langsam wird es Mittag und dann Nachmittag.

Längst sind die Tauben zurückgekommen, gurren und trippeln auf dem Dachboden.

»Wir wollen doch ans Meer«, sagt Kosmos irgendwann. »Stell dir vor, wir beide haben unsern Kiosk am Strand:

NEUNERS NEUIGKEITEN
UND
KOSMOS' KALTGETRÄNKE

In großen roten Buchstaben auf einem weißen Schild! Das könnten wir haben! Wir sind doch jetzt reich!«

»Dann geh! Mach deinen Kiosk auf!«

»Aber du musst mitkommen! Ohne dich kann ich das nicht! Es ist dein Schutzengelgeld. Wir sind doch Partner, Neuner!«

»Aber ich kann nicht ... ich ... ich hab Angst!«, flüstert Neuner.

»Gut«, sagt Kosmos. »Eine Nacht noch. Eine Nacht noch hier! Aber dann, dann kommst du mit, dann geht's ans Meer!«

Die Tauben gurren nicht mehr. Im Abbruchhaus ist es still. Still und dunkel. Ganz schwarze Nacht. Ab und zu raschelt es hinter den zerfetzten Tapeten. Und es pfeift ganz leise. Das sind die Ratten.

Kosmos schläft.

Auch Neuner hat geschlafen. Aber dann ist er wach

geworden. Mitten in der Nacht. Er ist durstig und er friert und alles tut ihm weh. Der Kopf und die Arme und die Beine, alles tut weh.

Und in seinem Hals wächst ein Kloß, den er nicht runterschlucken kann. Und der Kloß tut auch weh.

»Mama!«, flüstert Neuner. »Mama, sag doch was!«

Aber Mama antwortet nicht.

Sie antwortet nicht, so wie sie auch in jener Nacht nicht geantwortet hat. In jener Nacht, als das Fenster zum letzten Mal offen stand.

Neuner hatte unten im Hauseingang gegenüber gewartet. Von dort konnte er die beiden Fenster sehen, hinter denen Mama und der Neue waren. Er konnte den Schatten sehen, den der Neue warf, wenn er aufstand, zum Kühlschrank ging, um noch eine Dose Bier zu holen. Und er konnte auch Mamas Schatten sehen.

Und in jener Nacht die anderen schrecklichen Sachen auch.

Mama war einen Dornröschenschatten, der war viel kleiner als der Schatten des Neuen.

Zuerst war es so gewesen wie an jedem Abend. Neuner hatte gewartet, darauf gewartet, dass das Licht endlich ausging. Dann nämlich durfte er klettern, hatte Mama gesagt, zuerst die Feuerleiter hoch, über den kleinen Balkon und von dort einsteigen durchs offene Küchenfenster.

Von Zeit zu Zeit war der Neue zum Kühlschrank gegangen.

Mamas Schatten war unsichtbar geblieben.

Neuner hatte schon eine ganze Weile nicht mehr hochgeschaut.

Er hoffte, dass die Bierdosen irgendwann mal zu Ende sein würden und dann endlich das Licht ausging.

Es war so langweilig unten im Hauseingang, außerdem war es kalt.

Aber dann hatte sich oben hinter den Fenstern etwas verändert. Neuner sah eine plötzliche heftige Bewegung, ein schnelles Helldunkel. Und dann musste er sehen, wie der große Schatten auf den kleinen einschlug mit geballten Fäusten. Und mit einer Flasche auch.

Dann war Mamas Schatten plötzlich verschwunden gewesen und das Licht war ausgegangen.

So schnell war Neuner noch nie die Feuerleiter hochgeklettert. Unter ihm knallte die Haustür ins Schloss. Der Neue schwankte die Straße runter.

Gott sei Dank, hatte Neuner gedacht. Er ist weg, Gott sei Dank!

Und endlich, endlich hatte er in der Küche gestanden und »Mama!« gerufen ... »Mama?«

Mama hatte mit geschlossenen Augen auf dem Fußboden gelegen. Über der Augenbraue war Mamas Haut aufgeplatzt. Und da war Blut, viel Blut.

»Mama!«, hatte Neuner gerufen.

Aber sie hatte nicht geantwortet, sie hatte sich nicht einmal bewegt, als Neuner sie schüttelte. Dann hatte er ihre Hand genommen, er hatte Mama hochziehen wollen, aber der Arm war einfach wieder runtergefallen, als Neuner losließ.

»Mama, sag doch was! Bitte!«, hatte Neuner leise gefleht, obwohl er am liebsten geschrieen hätte, ganz laut geschrieen und geweint:

»Mama, sag doch was! Mama, was soll ich denn jetzt machen? Mama! Du bist doch groß und ich bin nur ein Kind!«

Aber in jener Nacht hatte Mama nicht geantwortet. Und da musste Neuner ganz allein alles richtig machen.

Er hatte einen Schuh in die Korridortür gelegt, damit sie nicht zuschlug, dann war er die Treppe runtergerannt, hatte den Haustürstopper gedrückt und nach einer Ewigkeit stand Neuner tatsächlich in der Telefonzelle, nannte dem Mann am andern Ende der Leitung die Adresse und sagte: »Kommen Sie schnell, meine Mama bewegt sich nicht mehr.«

Und sie waren gekommen mit Tatütata und Neuner hatte die Männer nach oben geführt in die Küche. Und da hatte Mama endlich die Augen wieder aufgemacht, aber gesprochen hatte sie nicht.

Nur der Arzt hatte etwas gesagt: »Wie ist das passiert?«

»Ich weiß nicht«, hatte Neuner geantwortet. »Ich hab schon geschlafen!«

»Sie muss in die Klinik«, hatte der Arzt gesagt. »Und was machen wir mit dir?«

»Ich warte hier. Ich muss hier warten. Mein Vater, der kommt gleich nach Hause. Der muss doch wissen, was los ist!«, hatte Neuner gelogen.

»Gut!«, hatte der Arzt genickt. »Ich schreib dir mal den Namen der Klinik auf!« Und er hatte Neuner einen Zettel gegeben. Rafaelsklinik Tel. 3475, las Neuner.

Und dann hatten sie Mama auf eine Trage gelegt und die Korridortür war hinter ihnen zugeklappt.

Und Neuner hatte auf den Zettel gestarrt, Rafaelsklinik Tel. 3475, so lange hatte er auf den Zettel gestarrt, bis er die schwankenden Schritte des Neuen im Treppenhaus hörte.

Da war Neuner aus dem Fenster geklettert, den Zettel immer noch in der Hand.

Der Neue sollte nicht wissen, wo Mama war, der nicht!

Neuner stöhnt leise. Plötzlich sind da lauter Federn, die aus den Zimmerecken quellen. Immer mehr und immer mehr. Der ganze Raum ist jetzt voll Federn.

Die schweben und fallen wie Schneeflocken auf den Boden.

Und dann ist da im Federschnee die Königin von Caracas. Die Federn bleiben an ihr kleben. Sie sieht aus wie ein großer böser Vogel.

Und sie hat ein Messer in der Hand, macht ein finsteres Gesicht und kommt direkt auf ihn zu.

»Du hast mich betrogen, Neuner! Dein Engel ist unbrauchbar, Neuner! Das ist ein ganz schlechter Engel! Ein Schwarzengel, Neuner! Ein Schwarzengel taugt nichts! Ein schlechter Engel ist nichts wert! Der fliegt immer weg! Der passt nicht auf! Ich will mein Geld zurück, Neuner!«

Neuner will schreien, aber er kann nicht. Der Kloß im Hals ist so groß, dass die Stimme keinen Platz mehr hat.

»Ich will mein Geld!«, faucht die Königin von Caracas. »Geld oder Leben! Hast du verstanden?«

Mit letzter Kraft presst Neuner einen Schrei heraus.

»Mama!«, ruft er. »Mama!«

Da wird Kosmos wach.

»Was'n los, Kleiner? Warum schreiste denn so?«, fragt er verschlafen.

»Die Federn!«, krächzt Neuner. »Nimm die Federn weg! Die Königin! Das Messer! Nimm das Messer weg!«

Kosmos steht auf. Er tastet sich rüber zu Neuners Matratze.

»Ej, Alter, hier gibt's keine Federn! Du träumst! Hier gibt's auch kein Messer und schon gar keine Königin!«

»Das Geld!«, keucht Neuner. »Sie will das Geld!«

Kosmos streicht ihm über die Stirn.

»Du glühst ja, Mann! Du hast ja Fieber!«

Neuner zittert. Seine Zähne klappern.

»Ich frier!«, stöhnt er.

Und Kosmos kriegt Angst.

»Scheiße. Ich hab's ja gewusst. Jetzt wird der auch noch krank. Dieser Unglückswurm! Dieser Brückenbalancierer! Was soll ich bloß mit ihm machen?«

Er tastet im Dunkeln nach der Wasserflasche.

»Da, trink!«

Dann sucht Kosmos die Kerze und Streichhölzer.

Das flackrige Licht malt flackrige Schatten an die Wände.

Aber die Federn sind jetzt weg und die Federkönigin auch und nichts quillt mehr aus den Zimmerecken.

Kosmos setzt sich auf Neuners Bett, er wischt ihm die Stirn, er hält seine heiße Hand und irgendwann schlafen die beiden wieder ein, während die Kerze langsam runterbrennt.

Der Morgen kommt und das Fieber ist gegangen, so wie am Morgen der Mond und die Sterne und alle Schatten und auch die Dunkelheit gehen.

Neuner ist schlapp und hustet, aber da ist kein Fieber mehr, das ihn schüttelt.

»Mensch, Kleiner«, sagt Kosmos. »Da hast du mir aber 'n Schrecken eingejagt!«

Neuner versucht zu grinsen.

Wie blass er aussieht, denkt Kosmos, wie blass und klein und krank.

»Ej, Mann, heute geht's los«, sagt Neuner. »Heute fängt die Reise an!«

»Aber wenn du noch krank bist ... Meinst du, du schaffst das?«

»Was man will, das schafft man auch«, sagt Neuner und hustet.

Und dann hustet er wieder.

Und Kosmos sagt:

»Mensch, Neuner, sei doch vernünftig! Das Meer läuft uns doch nicht weg!«

»Das Meer nicht«, antwortet Neuner. »Aber du vielleicht!«

Und dann fängt die große Reise wirklich an, obwohl Kosmos dagegen ist, obwohl Neuner hustet, obwohl sie langsam gehen müssen und Pausen machen.

Die große Reise ans Meer fängt wirklich an. Den

Schotterweg entlang, am Schlachthof vorbei, wo die Tiere schreien und es nach Blut und Pisse stinkt. Durch die Altstadt zur Neustadt, den Schutzengelplakatweg lang, den Neonreklameweg lang. Durch die stillen Straßen der Vorstadt, vorbei an den hohen Hecken, vorbei an den schmiedeeisernen Toren, hinter denen die weißen Villen liegen mit den roten Augen der Alarmanlagen über den Terrassen.

Obwohl sie langsam gehen müssen und viele und lange Pausen machen, kommen Kosmos und Neuner vorwärts.

Kosmos geht meistens vor, denn er kennt den Weg. Wenigstens sagt er das.

»Alle Flüsse fließen ins Meer«, sagt Kosmos. »Man muss nur lange genug am Ufer entlanggehen! Merk dir das!«, sagt Kosmos.

Und Neuner trottet hinter ihm her, macht sieben Schritte, dann muss er husten und noch mal sieben Schritte und dann wieder husten.

Das Husten ist viel anstrengender als das Laufen.

Wenn Neuner hustet, explodieren kleine rote Silvesterraketen in seinem Kopf und ihm wird schwindelig.

Aber darüber spricht er nicht. Er sagt überhaupt nicht viel. Er versucht ans Meer zu denken, ans große blaue Meer, aber so sehr er sich auch anstrengt, er kann es nicht richtig sehen, es ist nicht mehr so wie vorgestern am Fluss. Da hat sich ein Schatten zwischen ihn und das Meer geschoben und Neuner weiß, dieser Tag heute gehört nicht zu den guten.

Immer wieder muss er an Mama denken. Wie es ihr wohl geht und wo sie wohl ist?

Vielleicht ist sie wieder gesund.

Vielleicht steht das Fenster nachts wieder offen.

Vielleicht wartet Mama zu Hause auf Neuner.

Vielleicht ist sogar der Neue endlich weggegangen, endlich weggegangen für immer.

Nein, dieser Tag gehört nicht zu den guten, das weiß Neuner genau.

Keine Mama … kein Schutzengel … kein blaues Meer … Das Einzige, was er sieht, sind die kleinen roten Explosionen beim Husten.

Kosmos klettert jetzt die Uferböschung hinunter.

Neben der Stützmauer liegen die schwarzen Reste der abgebrannten Treibholzfeuer.

Neuner kommt kaum noch nach. Der Schweiß steht ihm auf der Stirn und es ist, als hätte er Wackelpudding in den Knien.

»Kannst du noch?«, fragt Kosmos.

»Na klar«, keucht Neuner.

Früher hatte Mama »Führen« gespielt, wenn Neuner nicht mehr laufen konnte. Hatte einfach gesagt: »Mach die Augen zu, kleiner Häwelmann, und gib mir deine Hand!« Dann war Neuner blind neben Mama hergelaufen und gar nicht mehr müde gewesen.

So waren die ganz langen Wege ganz kurz geworden und Mamas Stöckelschuhgeklapper dazu hatte wie eine Zaubermusik geklungen.

Wenn ich nur ein bisschen die Augen zumachen könnte, so wie früher, denkt Neuner, nur ein ganz kleines bisschen, dann würde alles wieder gut …

Und während er das noch denkt, knicken die Wackelpuddingknie einfach weg. Und er fällt ganz leise in ein tiefes schwarzes Loch, das innen mit weicher warmer Watte ausgepolstert ist.

Jetzt ist alles still in Neuner und alles ist dunkel.

Als Neuner wieder wach wird, ist es immer noch dunkel oder schon wieder, das weiß Neuner nicht so genau. Neben ihm flackert ein Treibholzfeuer, neben ihm kniet Kosmos und neben Kosmos die rote Ilse.

Die rote Ilse zerreißt gerade ein Hemd, das sie vorher in den Fluss getaucht hat.

Dann wickelt sie die nassen Lappen um Neuners Beine.

»Aua!«, stöhnt Neuner. »Das ist kalt!«

»Stell dich nicht an! Das muss sein! Das hilft! Das sind Wadenwickel! Das hat meine Oma immer gemacht!«

Und Neuner klappert mit den Zähnen. Er hält Kosmos' Hand ganz fest.

»Bleib bei mir!«, flüstert er. »Bleib bitte bei mir!«

»Klar, Alter!«, sagt Kosmos. »Ich bleib ja bei dir! Das wird schon wieder!«

Aber das wird nicht. Das sieht Kosmos im flackrigen Feuerschein. Und die rote Ilse sieht das auch. Nur Glatzenpeer brabbelt dummes Zeug und begreift gar nichts.

»Ihr müsst dem Kleinen Feuerwasser geben!«, brabbelt er. »Feuerwasser hat noch jeden gesund gemacht!«

Glatzenpeer versucht sich zwischen Kosmos und Neuner zu drängen mit seiner Fuselflasche. Aber Kosmos gibt ihm einen Stoß vor die Brust, sodass Glatzenpeer hintenüberkippt, und da bleibt er Gott sei Dank liegen und trinkt seinen Fusel selbst.

Nein, das wird nicht.

Neuner macht schlapp. Er keucht und hustet und ringt nach Luft.

»Ej, Alter, mach kein' Scheiß!«, sagt Kosmos. »Mach bloß kein' Scheiß! Wir wollen doch ans Meer. Der Kiosk, Mann, denk doch an unsern Kiosk!«

Aber Neuner hört nichts mehr und sieht nichts mehr und denkt nichts mehr. Er liegt nur da, wie ein glühender Feuerball. Er versinkt im Fiebermeer, so wie die orangene Sonne in der Geschichte der Königin.

Wieder und wieder macht Kosmos Wadenwickel, legt nasse Lappen auf Neuners schwitzige Stirn, gibt ihm zu trinken, hält seine Hand, aber nichts hilft.

Neuner flüstert wirres Zeug, das Kosmos kaum verstehen kann. Nur ein Wort versteht er ganz deutlich:

»Schutzengel«, flüstert Neuner. »Schutzengel.«

Und dann hält Kosmos das nicht mehr aus.

»Pass auf, Kleiner«, sagt er. »Ich geh jetzt los. Hilfe holen! Die rote Ilse bleibt solange bei dir! Ich geh auch zur Königin. Ich bring ihr das Geld zurück! Ich hol dir deinen Schutzengel! Versprochen! Hast du mich verstanden? Ich hol jetzt deinen Schutzengel! Bin gleich zurück! Halt durch, Kleiner!«

»Ja!«, flüstert Neuner.

Zwei Dinge sind wichtig, denkt Kosmos. Hilfe holen und Schutzengel zurückbringen. Aber Hilfe holen kommt zuerst. Ganz klar, denn bis zum Caracas ist es jetzt viel zu weit. Und ob man der roten Ilse trauen kann, ist auch nicht sicher.

Da muss schleunigst Bewegung in die Sache, denkt Kosmos. Ich muss mich beeilen.

Also die Uferböschung rauf und dann den Heckenweg runter und dann steht Kosmos in der stillen Villenstraße. In der stillen Villenstraße, wo das leise Licht der Straßenlaternen nicht weiß, sondern gelb leuchtet. In der stillen Villenstraße vor einem schmiedeeisernen Tor und es ist so vornehm hier, dass die Leute nicht mal ein Namensschild neben dem goldenen Klingelknopf brauchen.

Mensch, denkt Kosmos und zupft an seiner roten Baseballkappe, Mensch, was tu ich hier bloß? Hier gehör ich nicht hin. Hier hab ich doch nie hingehört.

Und er muss an die alte Schmidtke denken und an den verbotenen Park und daran, dass er die Bluthunde gar nicht besiegt hat. War ja alles nur 'ne Geschichte, 'ne Geschichte für Neuner. Von wegen Hypnose. War ja alles ganz anders gewesen. Die hätten ihn damals fast totgebissen, die Bluthunde von Fischer & Frost, und wenn der alte Gärtner nicht gewesen wäre, dann würde es Kosmos schon lange nicht mehr geben. Der alte Gärtner hatte sich nämlich in Wahrheit dazwischengeworfen und gerufen: »Lauf, Junge, lauf um dein Leben!« Und Kosmos war gerannt wie ein Hase und hatte sich am schmiedeeisernen Tor hochgehangelt und war abgerutscht und Gott sei Dank auf die richtige Seite gefallen, und davon kam nämlich die hässliche Narbe. Vom Abrutschen, nicht vom Kämpfen.

Nee, denkt Kosmos, hier hab ich nie hingehört. Hier ist schon immer verbotenes Land gewesen und gefährliches noch dazu. So was ändert sich ja nicht im

Leben. Und wenn der Kleine wieder gesund wird, dann erzähl ich ihm die Geschichte noch mal, dann erzähl ich, wie's wirklich war. Ich schwöre, das mach ich, wenn er wieder gesund wird.

Und jetzt musst du mutig sein, denkt Kosmos. Der Kleine braucht Hilfe.

Er rückt die rote Baseballkappe gerade und sich selber auch und dann drückt Kosmos auf den goldenen Klingelknopf.

Erst hört er nur ein leises Summen, dann öffnet sich das schmiedeeiserne Tor wie von Geisterhänden geschoben. Ganz langsam geht erst der rechte Flügel auf, dann der linke. Wie in Zeitlupe. Und wie in Zeitlupe geht Kosmos den weißen Kiesweg rauf zur Villa. Und während er geht, springen rechts und links die kleinen gelben Laternen an, die den Weg säumen. Fünf Stufen führen zur weißen blank polierten Haustür, die von zwei steinernen Löwen bewacht wird. Und als Kosmos auf der zweiten Stufe steht, schlägt ein Hund an.

O nein, denkt Kosmos, nicht auch noch das! Durch die geschlossene Tür hört sich das Bellen groß und gefährlich an. Ein Schaum-vorm-Maul-Bellen, ein Hund wie ein Kalb muss das sein …

Kosmos spannt alle Muskeln an. Er ist bereit zur Flucht. Er wird hinter die Säule springen, wenn dieser Höllenhund sich gleich auf ihn stürzt.

»Still, Brutus!«, befiehlt eine Frauenstimme hinter der Tür. »Aus! Zurück! Platz!«

Das gibt es gar nicht, denkt Kosmos, das kann überhaupt nicht sein. Das ist doch … das ist die Stimme der Königin!

Und jetzt öffnet sich die Tür …

Da steht sie, ganz in Hellblau, wie frisch gebadet steht sie da, mit der feinen Perlenkette um den Hals, die Königin!

Die Königin von Caracas.

Und neben ihr steht ein winziger weißer Hund mit einer hellblauen Schleife im Haar und der wedelt freundlich mit dem Schwanz und springt an Kosmos hoch, um ihm die Hand zu lecken.

»Pfui, Brutus!«, sagt die Königin streng und dann lächelt sie Kosmos an.

»Ist aber ein verdammt großer Name für so 'n kleinen Hund!«, sagt Kosmos und grinst etwas schief. Er würde am liebsten vor Erleichterung heulen.

»Wie man's nimmt«, sagt die Königin. »Dein Name ist ja auch nicht viel kleiner! Na, dann komm erst mal rein!«

Die Königin tritt zwei Schritte vor und sieht sich suchend um.

»Wo ist der Kleine?«, fragt sie. »Du sagst mir sofort, wo der Kleine ist!«

Sie lächelt nicht mehr. Ihre Stimme ist schneidend kalt.

»Deshalb bin ich ja hier!«, stottert Kosmos. »Ich muss … ich brauche … ich will Hilfe holen!«

Also hat Josef, der Kellner doch Recht gehabt, denkt die Königin. Der Lütte kommt so nicht durch. Es war ein Fehler, den Schutzengel zu kaufen. Das hätte ich nicht tun dürfen! Jetzt also ist das Unglück geschehen.

»Was ist passiert?«, will sie wissen. »Warum hast du nicht auf ihn aufgepasst? Du hast es geschworen.«

»Ja, aber Neuner ist krank … zusammengeklappt … am Flussufer unten … hat Fieber … hat schlappgemacht … ich schaff das nicht allein … der braucht ein Bett … ganz dringend, und Medizin braucht er auch!«, stammelt Kosmos.

Ein Schreck durchzuckt die Königin.

»So schlimm?«, fragt sie.

»Schlimmer!«, sagt Kosmos.

»Dann bring mich zu ihm!«

Kosmos mit der roten Baseballkappe geht vor. Der kleine weiße Hund, der Brutus heißt, trippelt neben ihm her und die Königin folgt und ihre Absätze klappern ganz laut in der stillen Villenstraße.

An der Uferböschung bleiben sie stehen. Weil die Königin ihre Schuhe ausziehen muss. Mit den Klapperabsätzen kann sie nicht klettern.

Jetzt muss ich's ihr sagen, denkt Kosmos, ich hab's doch versprochen.

Er räuspert sich.

»Da wär noch was, Frau Königin! Der Kleine, der redet im Fieber. Ganz wirres Zeug und so, das meiste hab ich ja nicht verstanden, aber ein Wort hat er immer ganz deutlich gesagt: ›Schutzengel‹, hat er gesagt, immer wieder: ›Schutzengel!‹ Und da hab ich ihm versprochen, ich gebe das Geld zurück und bring ihm dafür den Engel wieder ...«

»In Ordnung, Kosmos!«, sagt die Königin. »Den Engel kriegst du. Der hilft sowieso nur dem, dem er gehört. Also muss er auch bei dem bleiben, zu dem er gehört. Das ist so mit Schutzengeln, verstehst du. Ich hätte ihn gar nicht annehmen dürfen. Ist schon in Ordnung. Neuner bekommt ihn zurück!«

»Aber«, sagt Kosmos und zögert. »Da gibt es noch ein Problem!«

»Und das wäre?«

»Ich hab nicht mehr alles, versteh'n Sie, ich hab schon was ausgeben müssen vom Geld!«

Kosmos bricht ab, er wagt es nicht, die Königin anzusehen.

Der kleine weiße Hund hat sich hingesetzt, schaut auf zu Kosmos und hält seinen Kopf schief.

Die Königin schweigt. Sie schweigt, weil sie nichts sagen kann, weil ihr die Tränen in die Augen steigen.

»Das mit dem Geld, das tut mir Leid!«, sagt Kosmos nach einer Weile.

»Schwamm drüber!«, antwortet die Königin. »Und nun bring mich endlich zu Neuner, der braucht jetzt seinen Schutzengel und alles andere ... alles andere, das regeln wir später.«

Das Treibholzfeuer brennt hell und hoch und beleuchtet das Flussufer. Glatzenpeer liegt an der Stützmauer und pennt.

Die anderen sitzen im Kreis um Neuner herum, als die Königin kommt.

»Neuner! Neuner, kuck mal, wen ich dir mitgebracht habe!«, ruft Kosmos.

Aber Neuner antwortet nicht. Mit fiebrigen Augen starrt er in den Himmel. Sein Atem geht schwer.

»Wir haben alles versucht!«, sagt die rote Ilse.

Mundharmonikajonny hat seinen Pullover ausgezogen, damit er weich liegt, der Kleine, und Hein Schoop hat die ganze Zeit Fratzen geschnitten, sogar das Glasauge hat er rausgenommen und in die Luft geworfen, um Neuner zum Lachen zu bringen.

»Aber Neuner hat nicht gelacht«, sagt die rote Ilse.

»Ich hab ihm Wadenwickel gemacht, das war doch richtig, oder, Frau Königin?«

»Und ich hab Mundharmonika gespielt. Musik macht gesund, nicht Wadenwickel!«, knurrt Jonny.

»Das glaubst du doch selbst nicht!«, sagt Hein Schoop. »Du spielst so falsch, das macht eher krank! Es ist das Lachen, nicht wahr, Frau Königin? Das Lachen ist immer die beste Medizin!«

Aber die Königin hört nicht zu. Sie schiebt Hein Schoop und Mundharmonikajonny einfach zur Seite und kniet sich neben Neuner hin. Sie beugt sich über ihn, legt ihre kühle Hand auf seine Stirn und sie erschrickt noch einmal.

»Er braucht einen Arzt!«, sagt die Königin von Caracas. »Das sieht gar nicht gut aus!«

Aber Kosmos schüttelt den Kopf.

»Er braucht seinen Engel! Den Engel zuerst!«

»Kannst du mich verstehen, Neuner?«, fragt die Königin.

Da dreht Neuner den Kopf, sieht sie mit fiebrigen Augen an und nickt.

»Ich bringe dir deinen Schutzengel zurück, Neuner!«, sagt die Königin. »Es war ein Fehler, ihn zu kaufen. Es tut mir Leid! Er gehört zu dir. Er wird jetzt wieder auf dich aufpassen!«

Da lächelt Neuner und er flüstert: »Jetzt kann ich ans Meer.«

Und dann macht er die Augen zu.

Das ist schon eine wunderliche Prozession, die da mitten in der Nacht die stille Villenstraße entlangzieht. Vorneweg geht die Königin von Caracas, ohne Schuhe und mit zerrissenen Strümpfen. Und sie trägt den kleinen Jungen, den man Neuner nennt. Und der hat seine Arme um ihren Hals gelegt und sein Gesicht in ihrer Halsbeuge vergraben.

Gleich hinter der Königin geht Kosmos, der so heißt wie ein Seefahrer, aber gar nicht so aussieht mit seiner roten Baseballkappe und den hellblauen Schuhen in der Hand. Und neben Kosmos trippelt Brutus, der kleine weiße Hund mit der Schleife im Haar. Der weicht ihm nicht von der Seite.

Mundharmonikajonny und die rote Ilse folgen in respektvollem Abstand.

»Kuck mal, Jonny! Die Königin hat keine Schuhe an!«, flüstert die rote Ilse ganz andächtig. »Siehste das, Jonny? Sie ist genauso barfuß wie ich!«

Und hinter den beiden geht Hein Schoop mit dem Glasauge und er geht etwas schwankend und breitbeinig, so wie einer geht, der immer nur Fusel trinkt und zu wenig zu beißen hat.

Und hinter Hein Schoop torkelt Glatzenpeer, hält sich von Zeit zu Zeit an einem Laternenpfahl fest und brabbelt und schimpft vor sich hin, als wäre alles wie immer, aber er folgt, denn er braucht seine Leute und allein will er nicht bleiben unten am Fluss.

Als sich das schmiedeeiserne Tor lautlos öffnet,

bleiben Hein Schoop und Jonny und Ilse und Glatzenpeer stehen, so als wäre dort eine heimliche Grenze, die sie nicht wagen zu übertreten.

Die Königin aber, die sieht das und sagt:

»Kommt mit! Ihr seid eingeladen! Ihr habt doch alle mitgeholfen!«

Da nimmt Hein Schoop seinen Hut in die Hand, Mundharmonikajonny hält sich an seiner Mundharmonika fest und sogar Glatzenpeer hört auf zu brabbeln und weiß, das hier passiert nicht alle Tage.

»Und sie ist barfuß wie ich!«, sagt die rote Ilse noch mal, während der weiße Kies unter ihren Schritten knirscht.

Im Haus ist es still wie im Himmel.

Alles hier ist sauber und weiß und die dicken Teppiche sind weich wie die Wolken. Sogar Kosmos schrumpft ein bisschen, er zieht den Kopf zwischen die Schultern und versucht sich möglichst unauffällig zu bewegen.

Im offenen Kamin prasselt ein Feuer. Ein richtiges Buchenfeuer, kein Treibholzfeuer, und an den Wänden hängen große Gemälde mit Häusern am Meer und orangenen Sonnen. Und Kosmos sieht auf einem Gemälde sogar seinen Kiosk, nur der Name auf dem Schild ist nicht richtig. »Daysies« steht da.

Hier kennst du dich nicht aus, Kosmos!, sagt eine

Stimme in ihm. Sei vorsichtig! Du hast nie geübt, auf Wolken zu gehen! Pass auf, dass du nicht abstürzt! Sei bloß vorsichtig!

»Setzt euch da hin!«, sagt die Königin und zeigt auf ein Sofa vor dem Kamin. »Ich bin gleich wieder da!«

Dann geht sie mit Neuner hinaus.

»Donnerwetter!«, murmelt Hein Schoop. »Donnerwetter!«

»Und sie ist barfuß wie ich!«, sagt die rote Ilse.

Mundharmonikajonny und Glatzenpeer hat es die Sprache verschlagen.

Kosmos sitzt steif und vorsichtig auf der Sofakante und streichelt den kleinen weißen Hund, der auf seinen Schoß gesprungen ist.

Das Feuer prasselt und sie hören die Königin nebenan telefonieren. Dann ist es lange still.

»So!«, sagt die Königin. »Der Arzt war jetzt da! Der Kleine schläft sich gesund! Und nun zu euch! Ihr habt eure Sache gut gemacht, das muss ich sagen. Ihr habt euch gekümmert. Ich möchte euch danken! Ich will euch kein Geld geben dafür, aber jeder von euch hat einen Wunsch frei.«

»Einen Wunsch?« Die rote Ilse ist ganz aufgeregt. »Ich hab einen Wunsch: Solange ich denken kann, wünsch ich mir rote Schuhe zum Tanzen!«

Die Königin nickt.

»Und du?«, fragt sie.

Mundharmonikajonny zögert. »Also ... ich würde ... ich brauche ... eine neue Mundharmonika wäre gut ... So eine mit zwei Seiten ... wenn Sie verstehen, was ich meine!«

Die Königin nickt.

»Nun zu dir, Hein Schoop!«

»Einmal auf Fahrt!«, sagt Hein Schoop. »Einmal auf'm Kutter ... mit den Fischern ... davon hab ich schon immer geträumt ... aber mich nehmen die nicht ... wetten dass?«

»Kein Problem!«, sagt die Königin. »Und du, Glatzenpeer?«

»Frei saufen im Caracas mit allem!«

Die Königin schluckt und zieht die Brauen hoch.

»Na gut!«, seufzt sie dann. »Aber ohne Ärger! Verstanden?«

Glatzenpeer strahlt.

»Ihr vier könnt jetzt gehen!«, sagt die Königin. »Morgen um fünf kommt ihr wieder, dann hab ich alles geregelt!«

Und ich?, denkt Kosmos. Was ist mit mir?

Und er denkt an das Geld, das noch immer unter seinem Hemd steckt.

»Du wartest!«, sagt die Königin und bringt die andern zur Tür.

Als sie zurückkommt, hat Kosmos schon alle Hoffnung aufgegeben. Stumm legt er das Geld auf den Tisch und steht auf.

»Hinsetzen!«, befiehlt die Königin. »Du willst ans Meer?«

Kosmos nickt.

»Was willst du da machen?«

Kosmos zeigt auf das große Gemälde.

»So einen Kiosk. Kosmos' Kaltgetränke, aber nur mit Neuner! Der ist nämlich mein Partner!«

Die Königin lächelt.

»Vergiss mal den Partner! Der ist noch zu jung! Der braucht seine Mama! Der braucht keinen Kiosk! Der soll noch was lernen! Der muss noch zur Schule, der Kleine! Ob mit oder ohne Engel, der hält das nicht durch!«

»Aber …«, sagt Kosmos. »Er will doch ans Meer!«

»Da kommt er auch hin«, entgegnet die Königin. »In den Ferien kommt er da hin, dich besuchen. Da kann er dann Saft trinken am Kiosk!«

»Aber ich hab den Kiosk doch nicht. Das war doch alles nur ein Traum. Das schaff ich doch nie allein!«, sagt Kosmos.

»Da hast du Recht!«, sagt die Königin. »Allein schaffst du das nicht!«

Sie macht eine Pause.

»Aber, wie wäre es, wenn *ich* deine Partnerin würde? So ein Kiosk am Strand, das würde sich lohnen. Die Leute sind durstig, wenn die Sonne scheint. Das ist ein solides Geschäft. Und ich brauche schon jemanden, der die Getränke verkauft. Du verstehst, dass ich das nicht selbst machen kann!«

Kosmos wird schwindelig. Er springt auf, setzt sich hin und springt wieder auf und der kleine weiße Hund, der Brutus heißt, macht es ihm nach.

Die Königin von Caracas streckt ihre Hand aus. »Abgemacht, Partner?«

Und Kosmos schlägt ein.

»Abgemacht!«, ruft er. »Hundertprozentig!«

Es gibt auch gute Tage.

An den guten Tagen sitzen Kosmos und Neuner auf einer Düne am Meer. Und sie füttern die Möwen. Und die großen Wellen haben Schaumkronen. Und die Luft schmeckt ganz salzig und der Himmel ist ganz blau und hinten, da wo Himmel und Meer zusammenstoßen, geht die Sonne unter, fällt ins Meer wie eine riesige glühende Orange. Und unten am Strand bellt ein kleiner weißer Hund die Wellen an. Der heißt Brutus und hat eine hellblaue Schleife im Haar.

Manchmal müssen wir weg.
Dahin, wo Sommer ist.
In den Süden … vielleicht.
Ans Meer … vielleicht.
Wir gehen los und es riecht nach Sonne und Wind.
Wir gehen los und es riecht nach Fisch und Teer
und Tang.
Wir gehen los und die Schwalben sind Möwen.
Wir biegen um die Ecke.
Da ist der Bahnhof.
Und hinter dem Bahnhof,
das wissen wir genau,
hinter dem Bahnhof liegt das Meer.

Kein Buch schreibt sich von allein.

Deshalb möchte ich all denen danken, die mitgeholfen haben, dass aus der Schutzengelidee dieses Buch wurde.

Ganz besonders danke ich aber den Theatermachern George Podt und Dagmar Schmidt aus München, die mir einen Sommer lang ein Dach über dem Kopf und ein Zuhause für meine Gedanken gegeben haben, meinem Lektor Uwe-Michael Gutzschhahn, der immer Vertrauen in mein Erzählen gehabt hat und nicht zuletzt meinem ersten Leser Herbert Jansen, der immer mehr wissen wollte und mir deshalb Seite für Seite abgetrotzt hat.

Westerwinkel im März 2001

Jutta Richter, geboren 1955 in Burgsteinfurt/Westfalen, studierte katholische Theologie, Germanistik und Publizistik und veröffentlichte bereits als Schülerin ihr erstes Buch. Sie lebt als freie Schriftstellerin auf Schloss Westerwinkel im Münsterland und schreibt für Erwachsene, Jugendliche und Kinder nicht nur Romane und Erzählungen, sondern auch Hörspiele, Theaterstücke, Lieder und Gedichte. Im Hanser Kinderbuch veröffentlichte sie bisher drei Bände: die Erzählung »Der Hund mit dem gelben Herzen« (1998), die mit dem Rattenfänger-Preis der Stadt Hameln ausgezeichnet und für den Deutschen Jugendliteraturpreis sowie den Internationalen UNESCO-Preis nominiert wurde; das Buch »Es lebte ein Kind in den Bäumen« (1999), eine Geschichte in Liedern, die von Konstantin Wecker vertont wurde und auch als CD erhältlich ist; und schließlich die Erzählung »Der Tag, als ich lernte die Spinnen zu zähmen« (2000), wofür sie den »Luchs« des Jahres 2000 erhielt, der von der Wochenzeitung DIE ZEIT und Radio Bremen vergeben wird.

Bei Hanser ist außerdem erschienen:

Jutta Richter/Konstantin Wecker

Es lebte ein Kind auf den Bäumen

Mit Bildern von Katrin Engelking

56 Seiten

ISBN 3-446-19632-3

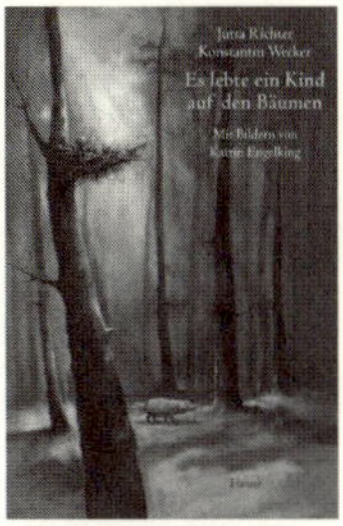

Wenn es doch nur wahr werden könnte: »Weil du mich magst, kann ich fliegen / ohne Angst übers Haus. / Weil du mich magst, lach ich abends / die Gespenster aus.« Nichts wünscht sich das Kind mehr. Aber die Vögel sind schlechte Lehrmeister. Sie fliegen einfach weg, wenn es sie fragen will. Und Berta, die dumme Henne versteht nichts davon. Sie ist nur eifersüchtig und hackt deshalb dem alten Bären, dem besten Freund des Kindes, die Glasaugen aus. Um den Bären zu trösten, nimmt das Kind ihn mit in den Wald. Und wirklich, dort beginnt der alte Bär zu sprechen und sich zu erinnern, wie man klettert, hoch hinauf in einen Baum kommt und in der Baumkrone ein Nest baut. Was man fest will, wird wahr. Eine Geschichte vom Träumen, Fliegen und Freundefinden, mit vierzehn Liedern, zu denen Konstantin Wecker die Noten geschrieben hat. Zum Mitsingen und Nachspielen.

Wer beim Lesen und Hören seine Sinne aufsperrt, dem mag es mit diesem kleinen Kunstwerk aus Text, Bild und Ton auch so ergehen. Da kommt ein Lüftchen von hier, ein kräftiger Wind von da und ein feines Pusten von dort. Und die drei zusammen zeigen, was nur Kunst kann: aus Fantasie eine neue, schwebende Welt entstehen lassen.

DIE WELT

Es war wohl ein Glücksfall, dass Konstantin Wecker die Autorin Jutta Richter kennen lernte. Aus dieser Begegnung ist ein zauberhaftes Liedermärchen entstanden, dem Katrin Engelking die bunten Bilder ihrer Vorstellungskraft hinzufügte. Und so erzählen drei besondere Künstler eine einfache und doch unwiderstehliche Geschichte von einer kleinen Welt, hinter der man die große immerzu spüren kann: je nachdem, wie alt man ist und wie man sich gerade fühlt. Was man fest will, wird wahr. Besonders, wenn man Übung hat im Wünschen.

Salzburger Nachrichten

Bei Hanser ist außerdem erschienen:

Jutta Richter

Der Tag als ich lernte, Spinnen zu zähmen

88 Seiten

ISBN 3-446-19896-2

Einen Freund braucht jeder und Rainer ist so ein Freund. Einer, der zuhört und nicht lacht, wenn man von seinen Ängsten erzählt. Er weiß, wie man Spinnen zähmt und gefährliche Kellerkatzen verscheucht. Er hat keine Angst und ihm fällt immer etwas ein. Das gibt Sicherheit und Geborgenheit. Da wird man manchmal selbst ein bisschen mutiger. Aber das mit der Freundschaft zu Rainer kann man nicht erklären. Die anderen mögen ihn nicht, weil er anders ist. Also würden sie sowieso nicht zuhören. Nach und nach wird eine Frage im Kopf immer lauter: Wozu ist eigentlich ein Freund gut, den niemand leiden kann?

Nominiert für den Deutschen Jugendliteraturpreis 2000.

Jutta Richter steht mit ihren Geschichten für jene Spannbreite des Kinderbuchs, die in diesem Fall bei Zehnjährigen beginnt und bis zu jenen reicht, die nie groß werden wollen (oder anders: die sich erinnern können).

Konrad Heidkamp/DIE ZEIT (Luchs des Jahres 2000)

Dies ist eine Geschichte über das Schämen. Über die Sehnsucht, dazu zu gehören, und den Verrat an denen, die leider draußen bleiben müssen. Es ist eine Geschichte über eine ganz normale Kindheit, mit ihren Unsicherheiten und Grausamkeiten. Eine Geschichte, in der die Hauptfigur nicht unbedingt nur positiv wegkommt – und man sich trotzdem gut in sie hineinversetzen kann. Süddeutsche Zeitung

Jutta Richters beeindruckendes Buch über Freundschaft, Ausgrenzung und Mut.

Frankfurter Rundschau